中公文庫

四季のうた

雨ニモマケズ

長谷川櫂

中央公論新社

雨ニモマケズ

宮澤賢治《みやざわけんじ》（一八九六―一九三三）を生涯にわたって悩ませたのは「食物連鎖」の問題だった。

自然界の生き物の世界は動物植物を問わず食う者（捕食者）と食われる者（被食者）が鎖のように繋《つな》がってできている。これが食べ物の鎖、食物連鎖（Food chain）である。この鎖が複雑に絡み合えば食物網（Food web）となり生態系（生態ピラミッド、Ecological pyramid）となる。この考え方はイギリスの動物生態学者チャールズ・エルトン（一九〇〇―九一）が一九二七年、古典的名著『動物生態学』で提唱した。

賢治は三十一歳の年にヨーロッパで出版されたこの本を読んでいたかどうか。私にはわからないが、食う者と食われる者、いわば弱肉強食という考え方は何もチャールズ・エルトンからはじまったのではない。人類の歴史とともに古くからあった。

仏教ではそれを「業《ごう》」（カルマ、Karman）の問題としてとらえてきた。人間は毎日何かを食べて生きている。米や麦や野菜のような植物もあれば肉や魚のような動物もある。彼らの命を奪わなければ人間は片時も生きてゆけない。自分がこの世に生まれたのも父や母、さらに先祖代々がほかの命を奪ってきたからである。

これが業である。すべての人間は生まれながらにして業という罪、深い罪業を背負っていることになる。「カルマの網」（Karman web）にかかった小さな羽虫のようなものだろう。

賢治は自分自身の業の苦しみを小さな動物に託して繰り返し書いている。「あゝ、わたしはいままでいくつのものの命をとつたかわからない、そしてその私がこんどいたちにとられやうとしたときはあんなに一生けん命にげた」（『銀河鉄道の夜』、さそりの独白）、「あゝ、かぶとむしや、たくさんの羽虫が、毎晩僕に殺される。そしてそのたゞ一つの僕が今度は鷹に殺される」（『よだかの星』）。

「カルマの網」に捕らえられた者がそこから最終的に解き放たれる道は一つしかない

だろう。「カルマの網」から外れること、つまり死である。さそりもよだかも火に灼《や》かれて光になることを願うのはそのためである。

では、さそりやよだかのように死んで光になれない者はどうしたらいいのか。「カルマの網」に捕らえられた以上、つつましく、できるかぎりほかの生き物の命を奪わずに生きるしかない。その諦めと願いを記したのが最晩年の手帳から見つかった詩「雨ニモマケズ」である。つつましい生き方を畳みかけるように語る三十行の短い詩の中で、もっとも重要なのは最終の二行だろう。

サウイフモノニ
ワタシハナリタイ

「カルマの網」を逃れることはできないが、これ以上、業を積まないように精進したい。それが「ワタシハナリタイ」である。なるほど「サウイフモノ」であることはできなくても、「サウイフモノ」になろうと日々精進することなら誰にもできる。「サウイフモノニ……ナリタイ」、それは賢治にとって最後の光だった。

『四季のうた　雨ニモマケズ』は『四季のうた』の第十五集である。二〇二〇年四月から二〇二一年三月までの一年間、読売新聞に連載した詩歌コラム「四季」を収録した。

連載と刊行に際しては読売新聞文化部の松本由佳記者、写真部の本田典之記者、編成部、中央公論新社の宇和川準一さん、装丁家の間村俊一さんにお世話になった。お礼を申し上げます。

二〇二二年立冬

長谷川櫂

目次——二〇二〇年四月～二〇二一年三月

四季のうた

雨ニモマケズ

二〇二〇年四月―二〇二一年三月

◎四月

春眠の中に入り来て鯉うごく　　廣瀬直人

『廣瀬直人全句集』ひろせなおと・１９２９－２０１８

夢に鯉《こい》を見たのではない。さっき見た池の鯉が夢の中に紛れ込んできたのだ。現実と夢、異なる二つの世界を大胆かつ自然に越境する。「入り来て…うごく」という生々しい表現がそれを裏づける。『廣瀬直人全句集』の春の十句をみてゆく。

晩春の雲より出《い》でて梓川　　廣瀬直人

『廣瀬直人全句集』ひろせなおと・１９２９－２０１８

梓《あずさ》川は北アルプス南端の上高地を流れる清流。槍ヶ岳《やりがたけ》に発し、果ては信濃川に流れ入って日本海にそそぐ。晩春四月の上高地。槍ヶ岳は白い雲に豊かに覆われている。その白雲こそはるかな水の旅のはじまり。

晩春の引潮《ひきしお》に乗る花の束　廣瀬直人

『廣瀬直人全句集』ひろせなおと・１９２９－２０１８

砂浜に打ち寄せては広がる波。どんな事情だろう、投げ捨てた花束が沖へ運ばれてゆく。この句が描くのはそれだけだが、過ぎ去る春を惜しむ心が一句からあふれる。外出さえはばかられる今年の春はなおさら。

沈む日に染まつてすする蜆汁　廣瀬直人

『廣瀬直人全句集』ひろせなおと・１９２９－２０１８

西の彼方《かなた》に沈む大きな夕日。その赤い光線が部屋中に差し込んでいる。海か湖か、それとも大河か。水辺の宿にちがいない。蜆《しじみ》は年中食卓にのぼるが、ことに春はふっくら太って格別。桜の花の散り果てるころ。

春の猫歩きとほして村を出る　廣瀬直人

『廣瀬直人全句集』ひろせなおと・1929－2018

変な猫である。とぼとぼと村を出てゆく、風来坊の猫がいるかどうか。読み返すうちに、この猫の顔が人間の顔に見えてくる。村に住む人の夢の投影かもしれない。広瀬は桃や葡萄《ぶどう》の産地、山梨県一宮（笛吹市）の人。

雨樋をまだ越えられぬ雀の子　廣瀬直人

『廣瀬直人全句集』ひろせなおと・1929－2018

屋根瓦のすき間の雀《すずめ》の巣。卵から孵《かえ》って、ちらほら姿を見せはじめた子雀である。小さな命に世界は難関だらけ。目の前の雨樋《あまどい》も跳び越えるには大仕事なのだ。何度かしくじるうちに成功して飛び回れるだろう。

穴を出て蝮月夜と言ふもよし　廣瀬直人

『廣瀬直人全句集』ひろせなおと・１９２９－２０１８

春になれば、冬眠していた蝮《まむし》も穴の中から外に出てくる。「蝮月夜と言ふもよし」とは作者の気持ちのようだが、ちょっと耳を澄ましてみると蝮がつぶやいたようでもある。春の朧夜《おぼろよ》のその辺の草むらに潜んで。

花咲き盛り一塊にして一樹　廣瀬直人

『廣瀬直人全句集』ひろせなおと・１９２９－２０１８

枝もたわわに咲き誇る桜である。花が集まって大きなかたまりに見えるのだ。絵にすればわかりやすい。みごとな桜の木が一本、キャンバスの真ん中に堂々と立っている。かつて画家が愛した麗しい女性のように。

空が一枚桃の花桃の花　　廣瀬直人

『廣瀬直人全句集』ひろせなおと・１９２９－２０１８

四月、甲府盆地は桃の花に染まる。周辺の山から見下ろすと、桃色の霞《かすみ》をたたえる大きな湖のよう。下界に降りれば、数かぎりない桃の花が青空を埋め尽くす。まさにこの句の描くとおり。旧暦の雛祭《ひなまつ》りのころ。

もう月の現はれさうな桜かな　　廣瀬直人

『廣瀬直人全句集』ひろせなおと・１９２９－２０１８

数日前は大きな春の満月だった。地上のコロナ騒ぎとかかわりなく、天上では天体の永遠の運行がつづく。この句、夕暮れて間もない桜である。月の出を待ちわびているのはまず作者だが、満開の桜もその気分。

初花の散るべきものを人言の繁きによりてよどむころかも　佐伯赤麻呂

『万葉集』巻第四　さえきのあかまろ・生没年未詳

初花のようなあの美女も、私になびくこと間違いなし。だが君たちの口がうるさいので今は通うのをやめてるんだ。自分がどんなに女にもてる男か、宴席で酔いに任せて自慢した歌だろう。佐伯氏は古代の武門一族。

兼好も莚織《おり》けり花ざかり　嵐　雪

俳諧選集『炭俵』らんせつ・1654－1707

『徒然草』の作者、兼好法師は阿倍野（大阪）の松原に隠れ住み、筵《むしろ》を織って暮らしたという逸話がある。嵐雪は江戸っ子で若い時分は放蕩《ほうとう》も重ねた。そんな生粋の都会人にとって隠者の話などは絶好の気慰み？

花ざかり大腹中になりけらし　　杉　風

俳諧選集『泊船集』さんぷう・１６４７－１７２３

大腹中は太っ腹。つましく暮らしている人も桜の花ざかりにはつい太っ腹になって無茶《むちゃ》をやらかす。日本古来の花見気分を一句に仕立てた。ただ今年ばかりは新型コロナウイルスのせいで大腹中は命取りになる。

こんなにも桜ありしか花どきの筑波の山はあはきくれなゐ　　栗田幸一

『天《あま》霧《ぎ》らふ』くりたこういち・１９３９－

朝に夕に眺める筑波山が今日は花の色に染まっている。桜の季節になれば筑波山にかぎらず、誰もが見慣れた山の花の姿に驚くだろう。桜前線は日本列島を北上する驚きの前線でもある。作者は茨城県古河の人。

雛燃ゆるいくさのことも五十年　　真部満智子

『天辺の鳥』まなべまちこ・１９４４－

お雛《ひな》様が燃えるとは尋常ではない。雛祭りは日本の家庭に伝わる優雅な行事。それさえ焼き尽くすのが戦争であるというのだ。作者は昭和十九年十月、香川県高松生まれであるから、二十年三月が初節句だった。

弱りたる獲物に止《とど》めを刺すまでの数秒甘美な愛撫《あいぶ》とも見ゆ　　林和子

『ヒアシンスハウス』はやしかずこ・１９４０－

鷲《わし》や鷹《たか》のような猛禽《もうきん》類だろうか。彼らにとって餌となるほかの生き物を捕らえて食するのは善悪の判断を超えた行動。そしていつか彼らもまた昆虫や微生物によって解体される運命にある。非情な食物連鎖。

料理人客に成《なる》日ハロがすぎ

『誹風《はいふう》柳《やなぎ》多留《だる》』

この空豆ならこう料理すればうまいだろう。その想像力が料理の原点。あとは想像を形にする技。想像力も技も優劣があるから優れた料理人ほど他者に厳しい。問題は黙っていられるかどうか。この江戸の川柳、黙っていられない料理人。

春風細軟《さいなん》なり　西施の美

『閑吟集《かんぎんしゅう》』

紀元前五世紀、春秋時代の中国。越王勾践《こうせん》が呉王夫差《ふさ》を骨抜きにしようと送り込んだのが西施《せいし》。見るも悩ましげな美女だったと伝える。『閑吟集』は室町時代の歌謡集。青柳の糸のような美女とすれ違ったか。そのとき男が口ずさんだ歌？

チューリップ真つ赤情熱いまいちど

佐瀬はま代

『一日《いちじつ》』させはまよ・1954－

チューリップはあっけらかんとした花。色も単純な赤や白や黄。咲き終われば地上からさっさと姿を消す。人生にもそうした時期があって、過ぎ去れば二度と戻らない。「いまいちど」という理由はそこにある。

猫の子が枕の中を知りたがる

安里琉太

『式日』あさとりゅうた・1994－

枕と遊ぶ子猫。何か生き物が潜んでいるような気がしてならないのだろう。一九九四年（平成六年）生まれといえば二十代半ば、俳句の世界ではまだ若い部類に入る。沖縄県の出身だが、最初の句集『式日』はその痕跡を留《とど》めず。

ころは、正月、三月、四月、五月、七、八、九月、十一、二月、すべてをりにつけつつ、一年《ひととせ》ながらをかし。

清少納言

『枕草子』せいしょうなごん・９６６頃－１０２５頃

春はあけぼの。『枕草子』の有名な第一段。では次は？　これが第二段。好きな月をあげていったら、ほとんどそうだった。あげてないのは二、六、十月。その理由が知りたい。旧暦だから今の三、七、十一月ごろ。わがままなのである。

前髪とマスクのはざま眼《め》の笑ふ

大畑光弘

『雲海の島』おおはたみつひろ・１９４５－

人の心を知るのは難しい。その人の空気と過去を知ってもわかるかどうか。まして目だけで読むのは至難の業。この句もどんな笑いか、ほんとうに笑っているかは不明。マスクは顔だけでなく心も隠してしまう。

傘《からかさ》にねぐらかさうやぬれ燕

其角

俳諧選集『虚栗《みなしぐり》』きかく・1661－1707

雨の空を飛び交う燕《つばめ》。町の通りですれ違う燕に「雨宿りしたいなら私の傘に入っておいで」と戯れているのだ。「ぬれ燕」という言葉が燕の紺青も速さも描き出す。当時の江戸の浮かれた気分が一句からよみがえる。

夢の跡すいすい泳ぐさよりかな

大谷弘至

『蕾《つぼみ》』おおたにひろし・1980－

水面すれすれに泳ぐサヨリを眺めながら、なぜか夢の跡のような感じがした。いったい誰のどんな夢なのか、ここでは一切語られない。この世界自体が何か大きなものの夢の跡かもしれない。不思議な印象の句である。

自由こそ最高夏の蝶飛翔《ひしょう》　東康子

『赤い靴』ひがしやすこ

夏の蝶《ちょう》といえば、まず大きなアゲハ。大空に馬を走らせるように野山を飛び回る。その姿を目にして深く共感したのだ。「自由こそ」とはそのことである。お互いに翼をもたない人間、とても蝶のようにはゆかないが。

雲の中は今が田植えぞコーロコロ　石牟礼道子

『色のない虹』いしむれみちこ・1927―2018

「天上に田んぼがあるはずはないけれど、私にはある」。町の裏には田んぼが広がっていて、そこで遊ぶ蛙《かえる》の声が空から降ってくるようだった。幼いころを過ごした水俣の思い出である。『苦海浄土』の作者の句画集『色のない虹』から。

待てといふにとまらぬものと知りながらしひてぞ惜しき春の別れは

読人しらず

『新古今和歌集』

去りゆく春に「待って」とすがっても思い留《とど》まってくれるはずがない。そんなことは重々わかっているのに、返す返すも名残惜しい。春との別れは昔からこのように嘆くものだった。恋人との別れのように。

年々　春を惜《おし》まんと欲すれども

春去って　惜むを容《い》れず

蘇東坡

漢詩大系『蘇東坡』そとうば・1036－1101

蘇東坡は四十代半ば、黄州（湖北省）に流された。「寒食の雨」二首の第一首。すでに三度目の寒食。毎年、春を楽しもうとしても春はむなしく過ぎ去る。寒食は火を通さず食事をする清明（四月五日ごろ）の風習。

ゆく春や横河《よかわ》へのぼるいもの神　　蕪村

『蕪村全集』ぶそん・1716－83

かつて地球上で猛威をふるった天然痘。日本でも疱瘡《ほうそう》神、痘《いも》の神と恐れられた。比叡山の横川にある元三《がんざん》大師堂のお札は疫病除《よ》けのお守り。春も終わろうとするころ、元三大師のもとへおとなしく引っ立てられる疱瘡神。

◎五月

おろかゆゑおのれを愛す桐の花　　佐藤鬼房

『佐藤鬼房俳句集成』さとうおにふさ・1919―2002

自分を賢いと思っている人は人に冷たい。少しでも自分の愚かさに気づいている人は人に優しくなれる。そこが神ならぬ人の哀《かな》しさだろうか。初夏の空の桐《きり》の花を仰ぎながら、そんなことを思う。『佐藤鬼房俳句集成』の十句をたどる。

雛罌粟《ひなげし》やむかしは涙噴きいでし　　佐藤鬼房

『佐藤鬼房俳句集成』さとうおにふさ・1919―2002

感情に流されるな。感情の制御こそ勝利の秘訣《ひけつ》と処世術は教える。しかし、そうして勝利して何がおもしろいという考え方もあるだろう。思い切り泣き、思い切り笑う。そんな若かりし日々を懐かしむ句である。

白桃を食ふほの紅《あか》きところより　佐藤鬼房

『佐藤鬼房俳句集成』さとうおにふさ・１９１９－２００２

果物はエロスのかたまり。メロンもオレンジもマンゴーもイチジクもエロスの結実である。果物を食べるとき、そうとは知らずエロスを味わっているのだ。白桃もまた。この句はそこのところを突いている。

然るべき荒野はなきかわが端午　佐藤鬼房

『佐藤鬼房俳句集成』さとうおにふさ・１９１９－２００２

荒涼たる野原。荒野が語られるとき、それは必ず何かの比喩である。地上のどこでもなく、心の中にしかない。「然《しか》るべき荒野」となれば、なおのこと。ここで作者は自分の生きるべき荒野を探しているのだ。

生きのびて篠の子を食ふ有難《ありがた》し

佐藤鬼房

『佐藤鬼房俳句集成』さとうおにふさ・1919－2002

鬼房は一九一九年（大正八年）、岩手県釜石の生まれ。戦争に駆り出され、長い戦後を生きた。「生きのびて」にはその思いがこめられているだろう。篠《すず》の子は細い竹の筍《たけのこ》。初夏、野山に萌《も》えるみずみずしい命。

微醺にて夜の往診ほととぎす

佐藤鬼房

『佐藤鬼房俳句集成』さとうおにふさ・1919－2002

微醺《びくん》は気分のよい言葉である。砕けていえば、ほろ酔い加減。一日の診察を終えて晩酌をしたあと、往診に行かねばならなくなった。村の夜道をとぼとぼと歩いてゆく。どこかの木でホトトギスが鳴いている。

楸《きささげ》や空無の果《はて》の青山河　　佐藤鬼房

『佐藤鬼房俳句集成』さとうおにふさ・1919－2002

俳人、加藤楸邨は一九九三年（平成五年）七月、八十八歳で他界した。楸はその名の一字。追悼句である。おりしも楸が青々と茂る。楸邨を失って虚《むな》しく広がる夏の山河。追悼句は互いの生涯をかけて詠む。

見ひらけば菩提樹の花瞑《つむ》れば海　　佐藤鬼房

『佐藤鬼房俳句集成』さとうおにふさ・1919－2002

菩提樹《ぼだいじゅ》は初夏、小さな花をつける。心静かな花である。いま作者は樹下にいて菩提樹の花を仰いでいる。葉ずれの音を聞きながら目を閉じると、青い海の底にいて波間を漏れる日の光を浴びているようなのだ。

むきだしの岩になりたや雷雨浴び　　佐藤鬼房

『佐藤鬼房俳句集成』さとうおにふさ・１９１９－２００２

鬼房の鬼とは何か。その昔、朝廷の権力に従わず反抗しつづける者たちを鬼と恐れた。その鬼を俳号にした作者にふさわしい一句だろう。雷雨に打たれる「むきだしの岩」。野ざらしにされた鬼にも見えてくる。

呴《あぎと》ふ金魚孤立無援を気にするな　　佐藤鬼房

『佐藤鬼房俳句集成』さとうおにふさ・１９１９－２００２

魚が水面でパクパクする、これが「あぎとう」。単に「あぎと」は顎《あご》のこと。酸素が足りないのか、この金魚、水中生活が苦しいのである。かといって水からは出られない。作者のみならず、すべての人の比喩。

柏餅配って来ては一つくい　『誹風《はいふう》柳多留《やなぎだる》』

端午の節句のお菓子といえば上方は粽《ちまき》、江戸は柏《かしわ》餅だった。この川柳が描くのはなごやかな宴《うたげ》の場面である。柏餅をお客たちにふるまう小さな男の子。お客からもすすめられてパクリと一つ、また一つ。両親はじめ家族も晴れがましかろう。

ウォルト・ホイットマン、一個の宇宙、マンハッタンの子　ウォルト・ホイットマン

亀井俊介・川本皓嗣編『アメリカ名詩選』Walt Whitman・１８１９－９２

率直かつ潑剌《はつらつ》。ホイットマンは若き国アメリカの詩のみならずアメリカ人の性格を決定づけた。こう高らかに歌える詩人は百七十年後の今のアメリカにはいない。「ぼく自身の歌」の一節。

降りしきる花をあふぎぬ厳かに孤立しをれとひとは言ひけむ　奈良橋幸子

『こゑのゆくへ』ならはしさちこ・1950－

単に孤立するのは、その人の性格の悲劇である。しかし厳かな孤立となると、意志が先立つ。生きてゆく上で何を大事にするか。そのためには人に疎まれようと、初めから覚悟の上。そんな人生観の産物。

人もみな桂《かつら》かざしてちはやぶる賀茂の御生《みあれ》にあふひなりけり

『梁塵秘抄《りょうじんひしょう》』

京都の葵祭《あおいまつり》は『源氏物語』にも『徒然草』にも描かれる。きょうは賀茂の神のお出ましに巡り合う日《あふひ》。桂や葵《あふひ》の若葉を衣に飾って。紀貫之の歌だが、白拍子《しらびょうし》たちが今様《いまよう》として歌った。五月十五日の祭列、今年は中止。

おしてるや　難波の春は　京に負け、京は難波の景色より　劣る水無月夏神楽

近松門左衛門

『女殺《おんなごろし》油《あぶらの》地獄《じごく》』ちかまつもんざえもん・1653－1724

大坂天満の油屋の放蕩《ほうとう》息子、与兵衛は同じ町内の油屋の女房お吉を殺して金を奪う。遊郭街だった新町の場面。難波の春は京に負けるが、京は夏祭りで難波に負ける。夏祭りこそ難波の名物であり自慢だった。『近松門左衛門集』から。

近くまで雨の来てをり白牡丹

塩川京子

『花野』しおかわきょうこ・1937－

日本は雨の国である。しかも季節ごとに降り方が違う。牡丹《ぼたん》の花のころ、初夏五月の雨は西から次々に訪れる前線のもたらすもの。その気配を白い牡丹に鋭敏に感じとった句である。花びらの潤い、かすかな翳《かげ》りに。

暁《あかとき》と夜烏鳴けどこの山の木末《こぬれ》が上はいまだ静けし

作者未詳
『万葉集』巻第七

夏は夜。清少納言は『枕草子』にそう書いているが、ほんとうにすばらしいのは夜明け。夜が明けると烏《からす》が騒ぐが、この山の梢《こずえ》の空はまだしんと静まっている。山だけにかぎらない。早起きをして眺める価値あり。

紙風船開けつぱなしの一つ穴

龍野龍
『雪つぶて』りゅうのりゅう・1953－

なるほど不思議。ゴム風船は口を輪ゴムでくくるのに、紙風船の穴は開いたまま。つくうちに、なぜ空気が抜けてペシャンコにならないか。内と外の空気、紙の張り具合が絶妙なバランスを保っているのだろう。

卯花《うのはな》の満たり月は廿日《はつか》頃　月　居

俳諧選集『続明烏《あけがらす》』げっきょ・1756－1824

二十日の月といえば、更け待ちの月。月の出を待ちあぐねたころ、夜十時ごろに現れる。あたりに白い卯の花が咲き乱れているのだろう。月居は蕪村の門弟。鎌倉、極楽寺坂の卯の花はもう散り果てたろうか。

一片の肉塊として朝寝かな　村松二本

『月山』むらまつにほん・1961－

昼寝は夏の楽しみ、朝寝は春の贅沢《ぜいたく》。覚めるとも眠るともなくただ布団に埋もれて、たらたらと春を貪《むさぼ》るのである。そんな自分を省みての一句。たしかに一片の肉塊。ときに喜び、ときには悩む、厄介な肉塊ではある。

恋しき人の馬繋《つな》ぎたり　　樗良

　葺《ふき》わたす菖蒲《あやめ》が軒をしのぶらん　　几董

俳諧選集『続明烏《あけがらす》』ちょら・1729－80／きとう・1741－89

蕪村の「菜の花や月は東に日は西に」を発句にした歌仙三十六句の八、九句目。樗良の句、恋人を訪ねてきた男の馬が門前につないである。几董の句、端午の菖蒲《しょうぶ》を葺《ふ》いたその家が見たかったからとつづける。

ある日、本がまっぴらごめんと逃げ去った、そんな感じに見つからぬ本

大島史洋

『どんぐり』おおしましよう・1944－

あの本のあのページの何行目に書いてあった。昔はそんなことまで覚えていたのに、今はその本の行方もわからない。本にかぎらず、物はみな人間の手を逃れようと隙をうかがっている。大切な人の命も平和も。

深山木の底に水澄《すむ》五月かな

鳳朗

『鳳朗発句集』ほうろう・1762－1845

江戸時代後半の俳句が優れているのは、肌触りや空気感をいきいきととらえていること。この句も夏の山にこもる空気をみごとに映し出す。深い木立ちに囲まれた水たまりがあるのだろう。木々の梢《こずえ》を底深く映して。

惨《むご》すぎる姿忘れず摩文仁野に顎をもがれし兵はいづこに

許田肇

『福木の双葉』きょだはじめ・1923－

沖縄本島南端の摩文仁は沖縄戦最後の激戦地。作者も那覇から避難し戦闘に巻き込まれた。大正十二年（一九二三年）生まれ、九十六歳。現在、摩文仁の丘には犠牲者二十四万人の名を刻む「平和の礎」が立つ。

塔ばかり見えて東寺は夏木立　　一茶

『一茶全集』いっさ・１７６３－１８２７

三十代になった一茶は西国、九州まで旅をした。七年に及ぶ漫遊である。途中、京の都の印象を記す一句。遠くから眺めれば、鬱蒼《うっそう》と茂る夏木立の中に黒い塔がそびえ立つ。二百年前も今と変わらぬ風景がそこにあった。

聞こゆるは水の落ちくる音ばかり青岸渡寺へひたのぼりゆく　　伊東一如

『蓬莱《ほうらい》橋』いとういちにょ・１９５３－

那智の滝（和歌山県）を訪ねた日のことは今も忘れられない。上り坂の途中、まだ見えないうちから滝の音が響いてきた。滝壺《たきつぼ》の近くに寄って轟音《ごうおん》と涼気に包まれる。あの滝は永遠にあの音を轟《とどろ》かせているのだ。

五月　梅始めて黄ばみ
蠶《さん》は凋《しぼ》み桑柘《そうしゃ》空《むな》し。　李白

漢詩大系『李白』りはく・701―762

若き放浪時代の詩「五月東魯《とうろ》の行《こう》、汶上《ぶんじょう》の翁《おう》に答ふ」の冒頭。今は五月（太陽暦六月）。梅の実は黄ばみはじめ、蚕は繭を結び、桑も柘《やまぐわ》（山桑）も葉がなくなってしまった。李白をばかにした老人への抗議がつづく。

一枚の布に鋏《はさみ》を入れながら作られてゆくからだありけり　梶原さい子

『ナラティブ』かじわらさいこ・1971―

浴衣を作るとき、今もこんな感じがするのではないだろうか。現代の服はものによっては複雑を極めるが、基本はすべて一枚の布。それを切り、縫って人の体を包む。肌触りとは布に対する皮膚の意識のこと。

おほむらさき息づく僧の手の上に　　森光梅子

『遠征』もりみつうめこ・1935－

蝶《ちょう》の羽の色というより紫紺の光がつかの間、蝶の羽に宿ったかのようだ。自然だけが生み出せる稀有《けう》な色。その羽がいま誰かの手の上で静かに開いたり閉じたりしている。驚かさないよう、じっとしていてください。

雨蛙の声さえ親し自転する地球のひと日分かちていれば　　後藤美佐子

『澪《みお》』ごとうみさこ・1937－

地球で生きているのは人間だけではない。こんな当たり前のことをずっと忘れていたのではないか。それどころか、ほかの生物はみな人間のためにいると自惚《うぬぼ》れもする。雨蛙《あまがえる》への親しみは、そんな傲慢《ごうまん》の対極にあるもの。

◎六月

借金をいさぎよくする祭まへ

『誹風《はいふう》柳多留《やなぎだる》』

江戸っ子でも借金はさすがに気がひける。とはいうものの先立つものがなくては、というのだ。何かと鬱陶《うっとう》しい昨今。気分を一新するには笑いがいちばん。江戸の川柳十句を読みながら、庶民のたくましい暮らしぶりをのぞいてゆこう。

六月は日帰り春は御逗留《ごとうりゅう》

『誹風柳多留』

おや何のこと?と思うだろう。これだけで「ははん」と膝を打つ人は勘がいい。答えはお雛《ひな》さま。旧暦六月水無月《みなづき》は今の七月ごろ。土用の虫干しのことなのだ。日のあるうち風に晒《さら》して、夕方には取りこむ。なぞかけみたいな川柳である。

にわか雨昼寝の上へほうり込み

『誹風柳多留』

急に夕立が降りだした。あわてて干し物を取りこむおかみさんだろうか。そこまではいいのだが、干し物の山の下には昼寝の亭主が。小さな部屋に小さな縁、その外に小さな物干しのある小さな庭。住まいの構造までいきいきとよみがえる。

傘《からかさ》をしづくで返す律義者《りちぎもの》

『誹風柳多留』

律義なのはいいんだけどねえ。当時の傘は竹の骨に紙を張って油を引いた和傘である。濡《ぬ》れたままにすると、がわがわになったり黴《かび》が生えたりした。干して返すのが礼儀だった。雨が上がると、江戸の町のあちこちで干し傘の花が開いた。

まつすぐな柳見て居る暑い事

『誹風柳多留』

深き水は涼しげなし。浅くて流れたる、遥《はる》かに涼し。『徒然草』は庭作りの要点を語る。動くものは涼しげだが、じっとしているものは暑苦しい。この川柳が描くのは無風の枝垂れ柳。これでは暑いばかり、やはり風に揺れていなくては。

うたゝ寝は何か不足の姿なり

『誹風柳多留』

うたた寝は浅い眠り。電車でうとうとする自分を思い浮かべて、なるほどと思う。あれは心の中の何かが満ち足りていないのだ。だから、たちまち目が覚めてしまう。何が足りていないのか。睡眠不足というのでは理に落ちるというもの。

行水へ瓜のにほひをどぶりうめ

『誹風柳多留』

「うめる」とは熱いお湯に水を注いで冷ますこと。行水のお湯が熱すぎたか、水で「うめ」ているところ。その水は今まで瓜《うり》を冷やしていた桶《おけ》の水。瓜の香りが水に乗り移っているのだろう。これも江戸の暮らしの「ものの匂い」の一つ。

なげるなといふは涼《すずみ》の角力《すもう》なり

『誹風柳多留』

江戸の中心は日本橋。夕暮れ、隅田川の川風が通りや路地にそよげば、家の前に縁台を出し筵《むしろ》を延べて夕涼みとなる。代々顔なじみのご近所との社交の場でもある。「本気で投げんじゃねえぞ」「いてて」。大の大人も子どものころのまま。

風呂敷をかぶつた明日《あした》蚊帳を出し

『誹風柳多留』

ゆうべはとんだ目にあった。一匹の蚊がうるさくて風呂敷をかぶっても一晩中寝られなかったよ。もう蚊帳を吊《つ》らねえといけねえな。たしかに蚊帳は蚊を防ぐが、風もさえぎる。できれば蚊帳を吊らずに寝たい。毎年、繰り返される会話。

稲妻の崩れよふにも出来不出来

『誹風柳多留』

夜空を稲妻が走る。よく見てると、首尾よくみごとに地上に達するのもあれば、竜頭蛇尾、尻切れとんぼで終わるのもある。雷さまもテーヘンだ。などとのんびり構えているどこかの誰か。自分の上には落ちっこないというかのように。

何度でも夏は眩しい僕たちのすべてが書き出しの一行目　　近江瞬

『飛び散れ、水たち』おおみしゅん・１９８９－

人生の、おそらくスタートラインに立つ人の歌。僕たち二人、ここから世界の新しい物語がはじまる。そう思える瞬間が、その後の長い人生を照らしてくれるかもしれない。眩《まぶ》しい夏のように。歌集『飛び散れ、水たち』の巻頭の一首。

薫風やともし立《たて》かねついつくしま　　蕪村

『蕪村全集』ぶそん・１７１６－８３

広島湾に浮かぶ厳島神社は海の社である。朱の大鳥居が海中に立ち、朱の神殿が波に浮かぶ。蠟燭《ろうそく》の灯を幾度立てても、海をわたる風にたちまち吹き消されてしまう。薫風とともに朱の印象が鮮やかによみがえる。

田一枚植ゑて馳《は》せきて句座にをり　西村琢

『曼珠沙華《まんじゅしゃげ》』にしむらたく・1926－

「生家は農業を営む」と略歴にはある。この句集を読むかぎり作者自身も農業をする人だろう。そこから生まれた句である。午前は田植えをして午後は句会にいる。大正十五年（一九二六年）生まれの闊達《かったつ》な人生。

橘のにほふあたりのうたた寝は夢も昔の袖の香ぞする　皇太后宮大夫俊成女

『新古今和歌集』こうたいごうぐうのだいぶとしなりのむすめ・1171頃－1252頃

橘《たちばな》の花の甘い香りに包まれて眠ってしまったからか、夢の中でもあなたの袖の香りがした。遠い昔に別れた人をしのぶ歌。橘の花の香りは昔の恋人の香り。そんな古い歌があって後世いくつもの変奏を生み出した。

明易《あけやす》の夜汽車の窓に未知の町

鈴木貞雄

『うたの禱《いの》り』すずきさだお・1942－

故郷から東京や大阪へ行くのに夜汽車に乗った時代があった。寝つかれずにいると、白みはじめた窓の外を見知らぬ街や野山が流れてゆく。大きな希望と少しの不安。そんな記憶がときおり目を覚ますのだろう。

ヨーグルトの白き光を身にをさめ今日の仕事を始めむと立つ

菅泰子

『星霜譜』すがやすこ・1931－

あなたはけさ、どんな朝を迎えただろうか。暗いうちから身支度をしてという人もいれば、ゆっくり朝寝を楽しんだ人もいるだろう。この歌に描かれるのは作者のある日のはじめ方。颯爽《さっそう》として、うらやましくもある。

みどりの森がよろこびの声あげて笑い
川がえくぼをつくり笑い流れるとき

ウィリアム・ブレイク

寿岳文章訳『ブレイク詩集』William Blake・1757―1827

宇宙の万物は笑っている。ただし悩める人間の耳には聞こえない声で。詩人は「さあみんな元気よくやろう」というのだ。深刻な事態も笑いによって一変することだってある。「笑いの歌」の書き出し。

翳翳《えいえい》たり　桑楡《そうゆ》の日
我が征《たび》の衣《い》裳《しょう》を照らす

杜甫

漢詩大系『杜甫』とほ・712―770

唐の時代、内乱を逃れて家族と放浪する老杜甫。成都に入るときの一首「成都府」の冒頭。桑と楡《にれ》の間に沈む夕日が私の旅衣を照らす。芭蕉が金沢を出て詠んだ「あか〳〵と日は難面《つれなく》も秋の風」はこの変奏。

我つひに還《かえ》り来にけり倉下《くらした》や揺るる水照《みでり》の影はありつつ　北原白秋

『夢殿』きたはらはくしゅう・1885－1942

白秋の郷里、福岡県柳川。有明海に臨む水の町は詩人の感受性を育み、晩年まで豊かな詩想を与えつづけた。人生半ば、帰郷したときの歌。友人たちと小舟で水路をめぐった。白秋と柳川は詩人と故郷の幸福な一例。

妻泣くな夏至のお茶の水橋の上　蟇目良雨

『九曲』ひきめりょうう・1942－

お茶の水橋は神田川にかかる橋。御茶ノ水駅を出て、この橋を渡れば東京医科歯科大学、順天堂大学の病院がある。「妻パーキンソン症候群になる」とある。長年連れ添った二人、こんなときこそ夫婦の力が試される。

青葡萄われに未開の荒野あり　大場梅子

『梅子句集』おおばうめこ・１９４８－

俳句は知り尽くした小さな世界の文学？　そう思っている人もいるが、この句は反対のことをいっている。自分のいまだ知らない広大な世界があり、それを切り開く鍬《くわ》が俳句というのだ。青葡萄《あおぶどう》は未熟の青い葡萄。

あなたに逢ひて初めて素のままを受け容《い》れられき幸せなりき　秋山佐和子

『豊旗雲《とよはたぐも》』あきやまさわこ・１９４７－

その人といると自分のままでいられる。もちろん相手も自分のままでいられる。そんな人が世界のどこかにいるだろう。いてほしい。簡単なようで、これがなかなか難しい。ゆえに男女の変転ははてしなくつづく。

緑山中かなしきことによくねむる　　森澄雄

『浮鷗《うきかもめ》』もりすみお・１９１９−２０１０

夏の旅あるいは避暑を思い浮かべてもいい。緑深い山々に囲まれ、久々にぐっすり眠れた。振り返って日常の大変さに思い至ったのだろう。その驚きが「かなしきことに」である。やれやれ、半ばあきれているのだ。

山葵田の暮れゆく花の白さかな　　松井清子

『ウェストン祭』まついきよこ・１９２２−

山葵《わさび》は清流を引き込んだ山葵田で育つ。初夏、涼気を孕《はら》んだ白く小さな花をつける。句は安曇野か伊豆だろうか。夕闇の中、可憐《かれん》な花がせせらぎに揺れている。このまま立ち去りがたい気持ちを一句にこめた。

雲の峯巨大な崩壊見をはりぬ

加藤楸邨

『望岳』かとうしゅうそん・1905－93

雲の峯とは真夏の入道雲。楸邨はそれを「巨大な崩壊」と言い換えただけなのだが、堂々たる一句である。視点を心深く据えることによって宇宙の骨髄まで見通す。生来それができる人だった。死後、大岡信が編集した句集『望岳』から。

切《きられ》たる夢は誠か蚤の跡

其角

俳諧句集『五元集』きかく・1661－1707

あっと声をあげて目が覚めた。一太刀浴びた夢をみた。脇腹をさすれば蚤《のみ》に食われた跡がある。さては正夢という、人を食った一句。其角は少年時代から芭蕉に入門した才人。才に溺れる節がないではない。

人言《ひとごと》を繁み言痛《こちた》み己《おの》が世にいまだ渡らぬ朝川渡る

但馬皇女

『万葉集』巻第二　たじまのひめみこ・?－708

世間の口があまりにうるさいから、かえってあなたとお会いする決心がついた。「朝川渡る」とは恋人と情を通じることというが、おそらくそうだろう。作者は天武天皇の皇女にして大化の改新の立役者、藤原鎌足の孫。

人知れず思へばくるし紅の末摘花の色にいでなむ

読人しらず

『古今和歌集』

末摘花《すえつむはな》は紅花。アフリカから中国をへて伝わり日本の古代を鮮やかに染め上げた。唐紅《からくれない》である。人目を忍んであなたを思うのはなんて苦しいこと。きっと顔が唐紅に染まってバレてしまいそうだ。男の歌だろうか。

56

白南風やそらははだかの眩しさに

仲村青彦

『夏の眸《め》』なかむらあおひこ・1944－

梅雨の明けた真夏の青空、あれは裸の空なのだ。空に裸も何もないが、この断定こそ一句の詩の核心である。白南風《しろはえ》は日本列島に停滞する梅雨前線を押し上げて、梅雨を終わらせる太平洋の南風。眩《まぶ》しい風である。

◎七月

立雲の島を跨《また》ぎて仁王立ち　渡嘉敷皓駄

『二月風廻り《ニンガチカジマーイ》』とかしきこうた・1943－

入道雲（雲の峰）を沖縄では立雲と呼ぶ。作者には「立雲は大和・武蔵の卒塔婆《ストゥーパ》よ」の句もある。どちらも戦艦の名。昭和十八年（一九四三年）那覇市生まれ。終戦の年、二歳だった。句集名の「二月風廻り《ニンガチカジマーイ》」は春の嵐。十句をたどる。

新涼や百年榕樹の髭《ひげ》千丈　渡嘉敷皓駄

『二月風廻り』とかしきこうた・1943－

榕樹《ようじゅ》はガジュマル。沖縄を旅すれば方々で若木老木を見かけるだろう。年を経ると気根を幾本も垂らし、その気根が幹のように太くなって大樹を支える。魂の宿る木の長老のようではないか。樹根は樹魂である。

夏の月還《かえ》らぬ骨も照らしけり　渡嘉敷皓駄

『二月風廻り』とかしきこうた・1943－

大地には骨が埋まっている。放置されたまま朽ち果てた、いわゆる「野ざらし」もある。昭和の戦争末期、地上戦が戦われた沖縄では、まだ生々しい記憶として語り伝えられているのだろう。無念の野ざらしよ。

魚翅《ユイチー》干す海の狩人まだ老いず　渡嘉敷皓駄

『二月風廻り』とかしきこうた・1943－

魚翅は中華料理の高級食材フカヒレ。サメ（鮫）の鰭《ひれ》だが、西日本ではサメをフカ（鱶）と呼ぶことがある。句の「海の狩人」は鱶を狩る漁師である。老いてなお鱶を追いつづける勇猛果敢な海の男たち。

Ｂ・５２の焔群《ほむら》の記憶猩々木　渡嘉敷皓駄

『二月風廻り』とかしきこうた・１９４３－

猩々木《しょうじょうぼく》はポインセチア。クリスマスに鉢植えが出回るが、沖縄では地植えの木を見かける。その真っ赤な葉に絨毯《じゅうたん》爆撃の火炎を思う。Ｂ・５２は今も配備されるアメリカ軍の戦略爆撃機。何と悲しい連想か。

炎昼や百年榕樹《ようじゅ》大まぐはひ　渡嘉敷皓駄

『二月風廻り』とかしきこうた・１９４３－

『古事記』の国生み神話ではイザナギ、イザナミの神の「みとのまぐはひ」が描かれる。この句は樹齢百年を超える巨大なガジュマルの木。二本の大樹が枝を差し交わし、根を絡ませ合って深く結ばれているのだ。

生きてゐる限り戦後や芭蕉布着る

渡嘉敷皓駄

『二月風廻り』とかしきこうた・1943－

昭和二十年八月十五日の日本の敗戦。戦後はその日はじまった。ではいつまでつづくのか。人々の記憶から戦争が消え去らないかぎり戦後はつづくのだろう。芭蕉布は糸芭蕉の繊維で織った涼しい夏の着物。

六月のアボカドの実は手榴弾

渡嘉敷皓駄

『二月風廻り』とかしきこうた・1943－

アボカドは栄養豊富な果実。まさに「栄養の爆弾」だが、作者は本物の手榴弾《しゅりゅうだん》を想像するというのだ。若いうちは幸福な緑、熟すると黒く変じて手榴弾に似てくる。昭和二十年六月、沖縄は地上戦のさなかにあった。

小夏日和頭骨化石の熟寝かな　　渡嘉敷皓駄

『二月風廻り』とかしきこうた・1943–

十一月の小春日和を沖縄では小夏、小夏日和という。南国らしい季節の巡りを表す言葉だろう。沖縄の地上戦に巻き込まれて命を落とした人々。野山に埋まる髑髏《されこうべ》も今は小夏日和に温《ぬく》もって眠っているだろうか。

風車祝《カジマヤー》兵の妻とて生き抜けり　　渡嘉敷皓駄

『二月風廻り』とかしきこうた・1943–

風車祝は数え年九十七歳の祝い（『沖縄歳時記』）。戦死した兵士の妻として長い戦後を生きてきたのだ。心を支える誇りでもあり密《ひそ》かな嘆きでもあったか。もし戦争がなかったら、別の人生を送っていただろう。

おもひやるかのうす青き峡のおくにわれのうまれし朝のさびしさ

若山牧水

『若山牧水歌集』わかやまぼくすい・1885―1928

牧水の故郷、宮崎県坪谷（日向市）は山間の村。川をさかのぼれば今も木立のかげに生家がある。そこで生まれた朝を思いやる。それがなぜ、さびしいのか。いずれにしてもその朝が牧水の旅のはじまりだった。

ずつと来て袖に入《いり》たる蛍哉《かな》

杉風

俳諧選集『別座鋪《べつざしき》』さんぷう・1647―1723

風に吹かれて蛍が袖に舞い込む。それなら「すつと」だが「ずつと」とある。「ずつと」は「ずいと」。あっという間に流れ込む感じだろうか。日本人が袖という懐かしいもののある着物を着ていた時代の一句。

朝寝してまだばらばらな手足かな　小池とも子

『ひかりの筐《はこ》』こいけともこ・1953－

朝目覚めてもぼんやりしている。完全には意識が戻らず、自分の全体がとらえられない。生物としては隙のある危険な状態だが、至福の時間でもある。それが「ばらばらな手足」。やがて手が生え、足が生える。

一片の白雲あって飯蛸も　坪内稔典

『早寝早起き』つぼうちねんてん・1944－

青空の白雲を眺めながら白雲はいいなあと思う。飯蛸《いいだこ》を見ても、いいなあと思う。酒の肴《さかな》にすればうまそうというのでなく、あのぬめぬめした生命体になれたらいいなあと思うのだ。変身願望の一句。俳句とエッセー『早寝早起き』から。

おもひやれ天の中河なかばきてたゆたふ旅の心ぼそさを　香川景樹

『近世和歌集』かがわかげき・1768－1843

「天《あま》の中河」は天竜川のことという。つまり天竜下りである。ただし遊興ではなく旅の途中という設定だろう。景樹は江戸時代の歌人。古代から連綿とつづいてきた和歌が、新しい表現を模索していた時代である。

夏山や京尽《つく》し飛《とぶ》鷺ひとつ　蕪村

『蕪村全集』ぶそん・1716－83

北と東西を山に囲まれる京都。その空を果てから果てまで飛んでゆく一羽の白鷺《しらさぎ》。絵にすれば京の俯瞰図《ふかんず》に一点の鷺を描く涼しげな構図になる。蕪村には「ほとゝぎす平安城を筋違《すじかい》に」という同じ構図の夜の句もある。

我が妻はいたく恋ひらし飲む水に影さへ見えてよに忘られず　若倭部身麻呂

『万葉集』巻第二十　わかやまとべのみまろ・生没年未詳

恋人の面影がちらつく。今は自分が相手を慕うからだが、古代は逆。相手が自分を深く思う証しだった。西国防衛のため遠江《とおとうみ》（静岡県）から連れてこられた防人《さきもり》の若き庶務係の歌。愛する妻を国に残してきたのだ。

妻の夢見ることもなき昼寝かな　茨木和生

『恵《めぐ》』いばらきかずお・1939－

亡き妻の夢を見たなどというのは愛妻家を演じている人。しかし夫婦の実際は異なる。妻の夢を見ることもあれば見ないこともある。水や空気のような仲なら、わざわざ夢に見ることもないだろう。そんな句である。

うるとらの父よ五月の水青き地球に僕は一人いるのに

谷岡亜紀

『谷岡亜紀歌集』たにおかあき・1959－

銀河系のとある惑星にたった一人取り残されている。一九五九年（昭和三十四年）生まれ。テレビの「ウルトラマン」を見て育った世代だろう。昔から人間が感じてきた宇宙的な孤独の、今風というか昭和風の変奏。

籠枕ならべることはなかりけり

丸谷才一

『七十句　八十八句』まるやさいいち・1925－2012

「さる女人の訃報《ふほう》を風のたよりに知りて」とある。そういえばあの人とは籠枕を並べて寝ることもなかったなあ。夜の枕なら露骨で嫌味だが、そこは昼寝の籠枕。ほのかな色香と微苦笑に包まれる一句。

目の合ひし半裂ぷくと泡を吐く　　西川徳蔵

『二上山《ふたかみやま》』にしかわとくぞう・1936－

動物も人間同様考えている。というのは人間の寂しい幻想かもしれない。半裂《はんざき》は大《おお》山椒魚《さんしょううお》。人間が彼を気にするほど、彼は人間を気にかけていないだろう。泡を吐くのも人間にはうかがい知れない彼の事情による。

子を負へる女の子等《ら》や夏休《なつやすみ》　　高野素十

『素十全句集』たかのすじゅう・1893－1976

日本の家庭が大家族で兄弟姉妹が何人もいた時代がある。男女の別も今からは想像もできないほど、やかましかった。女の子は弟や妹の世話をした。ベビーカーはなく、たいてい「おんぶ」だった。戦前の句である。

楚山《そざん》　碧《みどり》にして巌巌《がんがん》、
漢水　碧にして湯湯《しょうしょう》。　白楽天

漢詩大系『白楽天』はくらくてん・７７２－８４６

白楽天は唐の詩人。平易で流暢《りゅうちょう》な詩を書いた。「襄陽《じょうよう》に遊びて孟浩然《もうこうねん》を懐《おも》ふ」の出だし。楚の国の山々は青く険しく、漢水（揚子江支流）も青々と流れる。風光への思いはやがてそこで生まれた詩人孟浩然へと及ぶ。

相談のはじまる前の葛ざくら　池田澄子

『此処《ここ》』いけだすみこ・１９３６－

葛桜は夏のお菓子。涼しげな桜の青葉で葛の饅頭《まんじゅう》を包む。何か相談があって葛桜とお茶が出されたところ。それほど深刻な相談ではなさそうだ。きっと終わるころには食べてしまっているだろう。一枚の桜の葉を残して。

庭の面《おも》は月漏らぬまでなりにけり梢《こずえ》に夏の陰茂りつつ　白河院

『新古今和歌集』しらかわいん・1053－1129

天皇や藤原摂関家に代わって上皇が政治を牛耳る院政。白河院はその院政をはじめた上皇である。月の光が庭に漏れなくなるくらい、木々の青葉が空をおおっている。政治も生活も奔放だったが、歌は妙に丁寧。

「お父様は非国民です」まむかいて父に投げたる言葉忘れず　小山田ふみ子

『赤いルノー』おやまだふみこ・1928－2019

「軍国少女」と呼ばれた世代がある。作者は昭和三年、熊本市生まれ、戦前の軍国教育で育った。その悔恨の一首だろうか。「このいくさ日本の負けと言いし父を非国民なりと思いきわれは」もある。昨年没。

夏休み猫の昼寝の自由形　浅井愼平

『THE LONG GOODBYE』あさいしんぺい・1937－

自由形といえばクロール。しかし猫の昼寝である。のびのびと手脚を伸ばしたり寝返りをうったり。自由自在の寝相に少しは呆《あき》れ、大いに憧れているのだ。人もこう生きられたら。写真家の句集『THE LONG GOODBYE』から。

ゆるぎなき球体として生《あ》れし露笹《ささ》の葉ごとに物語りせよ　柘植周子

『寂光』つげちかこ・1936－

たとえば虹。自然の造形には目を見張るものがある。露もまた。まさしく「ゆるぎなき球体」。驚くのはどれも意図せずに成しとげるところ。人類の英知はあの域にはほど遠い。どうしたらあんな神業ができるのだろうか。

形代やわづか一人を守れざる

橋本喜夫

『潜伏期』はしもとよしお・1957－

愛する人を守る。これがふつうの人間にできる最高の務めではないか。作者は医師。ならば多数の人を守る務めを負っている。そんな作者の日常の思想から生まれた句だろう。形代《かたしろ》は夏越《なごし》の祓《はらえ》で穢《けが》れを託す人形《ひとがた》の紙。

悲しみのようにひそやかに
夏が過ぎて行った――

エミリー・ディキンソン

亀井俊介編『対訳ディキンソン詩集』Emily Dickinson・1830－86

ディキンソンは十九世紀アメリカの詩人。東部の田舎町で一生を過ごした。この詩の夏のようにひそやかに。称賛は死後のことだった。「悲しみのようにひそやかに」の冒頭。まるで自分への挽歌《ばんか》。

◎八月

揺り椅子を揺り山百合の花とあり　大久保橙青

『大久保橙青全句集』おおくぼとうせい・1903－96

この国では風や水だけでなく音や形、言葉にも涼しさが宿る。「ゆり」「あり」が四度も奏でられ、一句にリズムと涼感をもたらしている。大久保橙青は平成八年（一九九六年）、九十二歳で死去。春に刊行された『全句集』の十句をたどる。

香水や黒といふ色美しく　大久保橙青

『大久保橙青全句集』おおくぼとうせい・1903－96

黒は地味な色と思われるかもしれないが、これほど華やかな色もない。この句の黒、ドレスかもしれないしハンドバッグかもしれない。いずれにしろ大胆に香水と合わせるとこのとおり。何でも使い方しだい。

月光の縁どつてゐる籐椅子かな　大久保橙青

『大久保橙青全句集』おおくぼとうせい・１９０３－９６

月が照らす廊下に出された籐《とう》の椅子。部屋の明かりは消してあるのにちがいない。それを月光が「さす」「照らす」といわず「縁どる」といった。太い籐で組んだ椅子の縁に、月の光が濃く落ちているのだろう。

真白なる蟹現れし岩清水　大久保橙青

『大久保橙青全句集』おおくぼとうせい・１９０３－９６

岩清水は岩のほとりの湧き水。山登りで出会えば、つい手を浸し喉を潤したくなる。そこに現れた一匹の沢蟹《さわがに》。残念ながら一度も見たことはないが、きっといるのだろう。白は神にかかわる神聖な色である。

又《また》一人瀬を渉《わた》り来て鮎を釣る　大久保橙青

『大久保橙青全句集』おおくぼとうせい・1903－96

大きな川の中流。小石の河原の先に、軽やかに鳴り響くせせらぎが広がる。その端まできて淵の鮎《あゆ》を狙おうというのだ。釣りは人生最高の趣味とか。官界と政界を歩んだ大久保に、その余裕があったかどうか。

国会をぬけて涼しき句会かな　大久保橙青

『大久保橙青全句集』おおくぼとうせい・1903－96

昭和二十年、中国海運局長として広島に赴任した大久保は八月六日、原子爆弾を浴びた。戦後、海上保安庁の初代長官を務めたあと衆議院議員に。この句、国会をサボったのである。冷房はあっても国会は暑し。

一と昼寝してゆかぬかとねぎらはれ

大久保橙青

『大久保橙青全句集』おおくぼとうせい・1903–96

訪問先で昼寝でもと勧められる。今では考えられないが、少し前まではあった。話の間、老人の傍《そば》で老夫人が団扇《うちわ》で煽《あお》いでいる。麦茶の氷が解ける。南国の風習だろう。明治三十六年（一九〇三年）、熊本生まれ。

世にありしときの思ひ出籐寝椅子

大久保橙青

『大久保橙青全句集』おおくぼとうせい・1903–96

私が世にありし日々の思い出のようではないか。この籐《とう》の寝椅子は。作者の心はすでにこの世を離れたところから、この世を眺めているのだ。やがてそうなるだろうというのだろう。不思議な味わいの句である。

九十となれば昼寝も一大事

大久保橙青

『大久保橙青全句集』おおくぼとうせい・1903－96

昼寝は人類の逸楽。昼食後の三十分間、横になり、あるいは椅子にもたれたまま眠る。午後の青空がひときわ爽やかに見える。やれやれ、そんな昼寝さえたいへんといいながら、やはり昼寝を楽しんでいる。

そこらまで送るつもりの団扇《うちわ》かな

大久保橙青

『大久保橙青全句集』おおくぼとうせい・1903－96

玄関を出てから歩きながら世間話でもする。玄関で別れるのは薄情、駅までついて来られては迷惑。「そこらまで」というあやふやな距離が人と人との柔らかな空気を醸し出す。小津映画なら笠智衆《りゅうちしゅう》の役どころ。

肉體《にくたい》の果實《くだもの》が　爽やかな水盤に身を浸してゐる、

ポール・ヴァレリー

鈴木信太郎訳『ヴァレリー詩集』Paul Valéry・1871－1945

十九、二十世紀のフランスの詩人ヴァレリーの「水浴」最初の行。やや早く画家のセザンヌは水浴の群像を描いた。その絵のように硬質で堅牢《けんろう》な言葉。詩歌と思索の結婚から生まれた輝かしい一編。

虹建つる空の力を思ふべし見えずかたちもあらぬ筋肉

本多稜

『六調』ほんだりょう・1967－

虹といえば、はかないものの一つ。ところが、この歌は「空」が建てた壮大な美しい建築として描く。しかも虹を出現させるのに「空」は物理的な力を一切必要としなかった。いわば爽やかな無力。これが「空の力」。

赦《ゆる》すこと難しければ今朝の秋ふかく帽子をかぶり出でゆく

大口玲子

『ザベリオ』おおぐちりょうこ・1969－

許し難いことは誰にでもある。しかし原因を取り除くのはさらに難しい。とするなら、この世は耐えるしかないのだろう、唇を嚙《か》みしめて。帽子を目深にかぶって玄関を出る。何かに耐えている人の沈黙の所作。

雨きざす笊一杯の青山椒

織田春美

『初音』おりたはるみ・1933－

山椒《さんしょう》の実は秋、殻が弾《はじ》けて真っ赤な実がこぼれる。これをすりつぶしたものが粉山椒。青山椒はまだ熟れる前の実。醬油《しょうゆ》で焚《た》いたり縮緬雑魚《ちりめんじゃこ》に混ぜたりする。さて摘んできた青山椒に雨の気配が漂う。笊《ざる》一杯の雨意。

滝に乙鳥《つばめ》突き当《あた》らんとしては返る

夏目漱石

『漱石全集』なつめそうせき・1867－1916

漱石は正岡子規の俳句の弟子。ということになっているが、俳句の才は師匠にまさるものがあった。この句、六・十・三音を五・七・五拍で読ませる。定型を自在に突き崩し、滝の前で翻る一羽の燕《つばめ》をのびのびと描く。

硝子《びいどろ》の魚おどろきぬ今朝の秋

蕪　村

『蕪村全集』ぶそん・1716－83

十六、七世紀の大航海時代、ヨーロッパの舶来品が東アジアの日本にもどっと到来した。言葉とともに。ビードロはポルトガル語でガラスのこと。ガラス鉢の金魚が秋到来に大きな目を見開いている。蕪村は十八世紀の人。

夢見るに程よき高さハンモック　川口襄

『星空』かわぐちじょう・1940－

夢はどこにいるのだろうか。道ばたに転がっているわけはなく、空を漂っているはずもない。地上をちょっと離れた空中で子どものように遊んでいる。木から木へ張り渡したハンモック。浮遊する夢をとらえるための網。

汗拭ひ眩《まぶ》しき顔のあらはるる　中西夕紀

『くれなゐ』なかにしゆき・1953－

四十度に達するほどの残暑の日がつづく。ちょっと外を歩いただけで顔どころか体じゅう汗まみれになってしまう。この句、顔をおおう汗の中から、やっと自分の顔が出てくる。きらきらと輝く人間の顔である。

夕立の打ちたる海の青さかな　前田万葉

『前田万葉句集』まえだまんよう・1949－

夕立が海原を洗い流す。都市や田園だけでなく海もまた雨に洗われるのだ。キリスト教弾圧の激しかった長崎県五島の生まれ。二〇一八年、ローマ・カトリック教会の枢機卿に任命された。心洗われる素直な一句。

四十になろうというのに若者に向けた批判を身構えて聞く　工藤吉生

『世界で一番すばらしい俺』くどうよしお・1979－

四十歳といえば若者と老人の中間。とうに若者ではなく、まだ老人ではない。六、七十歳の老人から「今どきの若者ときたら」と同意を求められれば、自分が非難されているような気がする。

稲妻を浴《あび》せかけるや死《しに》ぎらひ　　一茶

『一茶全集』いっさ・1763－1827

稲光を見ると耳を押さえて無性にこわがる人がいる。打たれて落命することもあるから、笑ってばかりはいられない。そんな「死にぎらひ」に稲妻が狙い澄ましたかのように光る。一茶こそ大の「死にぎらひ」だった。

露けしや女人ばかりの地獄絵図　　栗田ひろし

『寒北斗』くりたひろし・1929－

現世で悪事を働いた者は地獄へ堕《お》ちる。と聞いて冷や汗を流す人もいるのだろう。今からみれば不平等極まりないが、古くは女性が成仏するのは難しいと考えられていた。地獄図に女性の姿が目立つのはそのためか。

大空をわれもながめて彦星の妻待つ夜さへひとりかも寝ん　紀貫之

『新古今和歌集』きのつらゆき・872?－945?

今年の旧暦七夕は八月二十五日。日本では彦星が天の川を渡って織姫に逢《あ》う。ところが本家の中国は逆だった。貫之の時代、まだ中国風だったのだろう。彦星が織姫を待つこの夜も私は独り寝るのだ。空を仰いで。

妻はよきことば織り姫この寡黙貫くべしや冬の牛飼ひ　坂井修一

『古酒騒乱』さかいしゅういち・1958－

妻を織姫、自分を牽牛《けんぎゅう》にたとえる。「ことば織姫」とつづけて読むのだろう。つまり言葉の糸を織る歌人。そんな人を妻としたからには牛飼いたる夫の私は、妻が言葉の布を織り上げるのをそっと見守るしかあるまい。

玉くしげ覆ふをやすみ明けていなば君が名はあれど我が名し惜しも

鏡王女

『万葉集』巻第二　かがみのおおきみ・?－683

夜陰に紛れておいでになっても夜が明けて知られたら、あなたの名はともかく私の名が惜しい。だから来ないで。相手は大化の改新の首謀者、藤原鎌足。鏡王女はのちにその正室となった。恋も政変も一寸先は闇。

水は金刹《こんせつ》の影を揺《うご》かし
日は火珠の光を動かす。

李　白

漢詩大系『李白』りはく・701－762

「秋日　揚州の西霊塔に登る」の一節。塔の上の相輪の影が水に揺らめき、太陽の光は火の玉のように動く。当時の揚州は揚子江下流の州。西霊塔は中国でもっとも高い塔だったというが火事で焼失。旅の途上の作。

枝豆の塩うつくしき日本かな　浪江啓子

『旅の靴』なみえけいこ・1946－

東北や新潟、産地自慢の枝豆が店に並ぶ。一袋買って二分間湯がき、さっと塩を振って食べる。これほど簡単でうまい料理はない。枝豆の莢《さや》についた塩の結晶を見ながら、この国に生まれたことを実感しているのだ。

十字路を横《よこぎ》らむとして待ちてをり巻ゲートルを穿《は》きし少年　斎藤茂吉

『暁紅《ぎょうこう》』さいとうもきち・1882－1953

渋谷の顔のスクランブル交差点。戦前の秋のある日、そこにたたずんでいた一人の少年。巻ゲートルは包帯のように脛《すね》に巻いた。軍隊だけでなく民間でも用いた。昭和十一年（一九三六年）の歌。八十数年前の幻の少年。

なすびうり二ッと三ッづゝつかみ

『誹風《はいふう》柳《やなぎ》多留《だる》』

五、十、十五、二十。子どものころ、五つずつまとめて数える数え方があった。それを地でゆく江戸の川柳。茄子《なすび》売りが両手で一度に五つずつつかんで五、十と威勢よく数えてゆく。一、二とちまちま数えるのは江戸っ子の性に合わない。

今朝のあさの露ひやびやと秋草や総《す》べて幽《かそ》けき寂滅《ほろび》の光

伊藤左千夫

『左千夫歌集』いとうさちお・1864－1913

秋の素肌はひやりとしている。この歌でいえば「ひやびや」。じっさいに手で触れているのではなく、目で見ただけで触れたように感じているのだ。秋草や白露もやがて消えてゆくだろう、その冷ややかな「寂滅の光」。

◎九月

はぢをすて人に物とひ習ふべし是《これ》ぞ上手の基《もとい》なりける

千利休

『利休百首』せんのりきゅう・1522－91

インターネットのせいか、世界中が空前の匿名社会。各種教室でも匿名の質問を受けつける始末。恥をかきたくない。利休いわく、恥こそ習い事の基本。大いに恥をかかれよと。現代への戒め、井口海仙著『利休百首』の十首を紹介する。

何にても道具扱ふたびごとに取る手は軽く置く手重かれ

千利休

『利休百首』せんのりきゅう・1522－91

ものを持ち上げるときは軽々と。逆に置くときは慎重に。安心して放るから茶碗《ちゃわん》が割れる。たとえば思春期の子育て。何か案じられるときは軽々と、問題のなさそうなときこそ慎重に。一事は万事に通じる。

何にても置き付けかへる手離れは恋しき人にわかるゝと知れ

『利休百首』せんのりきゅう・1522−91　千利休

子育てを無事終えた人なら、この歌の心はおのずからわかるはず。やっと手を離れたなどと遊びまわってはいけない。そんなときに魔が忍び寄る。子どもに心を残したまま離れよと利休は教える。恋人と別れるように。

炭置くはたとへ習ひにそむくとも湯のよくたぎる炭は炭なり

『利休百首』せんのりきゅう・1522−91　千利休

鄧小平はいった。白猫でも黒猫でもネズミをとる猫はよい猫である。共産主義の中国はこうして資本主義を導入し、経済大国に躍り出た。利休の言葉どおり。ブランド品でも使い勝手の悪いバッグはネズミをとらない猫。

風炉の炭見ることはなし見ぬとても見ぬこそ猶《なお》も見る心なれ　千利休

『利休百首』せんのりきゅう・1522－91

寒い十一月から四月までは囲炉裏で湯を沸かす。客はあかあかと燃える炭を近々と眺めて温まる。五月から十月までは金属や陶製の風炉を使う。炭はしかと見えないが、心で想像せよというのだ。心ものを見る。

燈火に油をつがば多くつげ客にあかざる心得と知れ　千利休

『利休百首』せんのりきゅう・1522－91

燈明皿《とうみょうざら》の油の量ひとつで主人の心はわかってしまう。たっぷりあれば、あなたとゆっくり語り合いたいというメッセージ。逆に少しなら早くお帰りくださいと追い立てている。心は見えないが、ものとなって表れる。

花見よりかへりの人に茶の湯せば花鳥の絵をも花も置《おか》まじ

千利休

『利休百首』せんのりきゅう・１５２２－９１

花見をしてきた人の心には花の面影が宿っている。その心の花を大事にしたい。花鳥の絵を掛けたり花を生けたりすれば競うことになる。むしろ客の心の見えざる花を花として一服の茶を楽しもう。茶室という無の空間で。

右の手を扱ふ時はわが心左の方にあるとしるべし

千利休

『利休百首』せんのりきゅう・１５２２－９１

右手で道具を扱うとき、心も右手にあると思えば右手だけで茶を点《た》てていることになる。つまり所作が浅くなる。そのとき心はずっと手前、対極の左手に置けば全身が一体となって動く。茶の湯とかぎらず行動の極意。

茶はさびて心はあつくもてなせよ道具はいつも有合《ありあわせ》にせよ

千利休

『利休百首』せんのりきゅう・１５２２－９１

「茶はさびて」、茶は簡素でいい。具体的な実践が下の句、道具はありあわせにせよ。茶の湯で大事なのは何より心。心のこもらぬ「おもてなし」を厳に戒める。茶の湯にかぎらず道具に凝るのは道を踏み外しているのだ。

茶の湯とはたゞ湯をわかし茶をたてゝのむばかりなる事と知るべし

千利休

『利休百首』せんのりきゅう・１５２２－９１

湯を沸かし、茶をたてて飲む。これが茶の湯の基本。ところが、作法がどうの、道具がどうのと尾鰭《おひれ》にばかり気をとられる。基本の怪しい人ほどその傾向がある。基本に徹して、それを深めてゆくのは厳しい道だから。

夫《つま》の里やや遠くなる白露かな　　及川由美子

『ぎんどろ』おいかわゆみこ・1953－

夫を亡くした妻の心境。生前は夫の生家と行き来したが、鎹《かすがい》が外れてしまった。男性中心の時代、里といえば妻の里。夫に里はなかったが、今は「夫の里」という言葉が自然に使われる。時代も言葉も変わる。

夕立のあとの静けさブランコがあかるい色を軋《きし》ませている　　大森千里

『光るグリッド』おおもりちさと・1960－

ざっと通りすぎた夕立。まだ明るい昼である。ブランコや滑り台や木や草についたままの雨粒に太陽がさし、いっせいに乱反射する。にぎやかな光の競演。子どもたちが出て来れば、たちまち忘れられる光景。

悔いのなき人生などはつまらなし中二数学を子に教えつつ　永田淳

『竜骨《キール》もて』ながたじゅん・1973－

長く生きれば後悔することが何もない人はいないはず。とすれば後悔とは人生の勲章。宮本武蔵は「我、事において後悔せず」と書き残したとか。有名な五歳児のせりふを借りれば「つまんねーやつだなあ」となる。

死者生者言葉を交《かわ》すひとときを天體《てんたい》のごと葡萄炎えたり　水原紫苑

『如何《いか》なる花束にも無き花を』みずはらしおん・1959－

死者と話をし葡萄《ぶどう》が炎《も》える。現実の世界ではあまり見かけない光景だろう。しかしこの歌を読むと死者との会話、炎上する葡萄が見える。これが言葉による詩の力。歌の底を流れるのは密《ひそ》やかさ。

秋刀魚やきて夕がれひ食《を》す硝子戸に時雨は降りぬ白く光りて　木俣修

『木俣修歌集』きまたおさむ・1906−83

秋刀魚《さんま》と聞いただけで秋の深まりを感じ、お腹《なか》が鳴る。日本人と秋刀魚の縁は深い。「目黒のさんま」という落語があるくらいだから江戸時代には食べはじめていた。夜の硝子《ガラス》戸の外を通り雨が過ぎる。戦後の光景。

我が岡にさ雄鹿来鳴く初萩の花妻問ひに来鳴くさ雄鹿　大伴旅人

『万葉集』巻第八　おおとものたびと・665−731

わが岡に雄鹿が来て鳴くのは咲きはじめた萩《はぎ》の花を恋い慕っているのだ。「妻問う」とは男が恋する女のもとへ通うこと。鹿を男、萩を女に見立てているのだが、何と可憐《かれん》な幻想だろうか。鹿が花に恋するとは。

妻恋《こ》ふる鹿ぞ鳴くなる女郎花おのがすむ野の花と知らずや　凡河内躬恒

『古今和歌集』おおしこうちのみつね・生没年未詳

鹿の妻と見なされたのは萩《はぎ》ばかりではない。女郎花《おみなえし》もまた。お前のすみかである野に咲いているのに、なぜそんなに恋しがって鳴くのか。俗にいう「灯台もと暗し」だが、歌人の手にかかれば、こんなに優雅な歌になる。

遠くて近きもの極楽。舟の道。人の仲。　清少納言

『枕草子』せいしょうなごん・９６６頃－１０２５頃

遠そうにみえて、じつは近いもの。列挙する一つ一つに清少納言の辛辣《しんらつ》な目が輝く。まだまだと思っていると、さっさと極楽へ。地獄も同じ。はるかな船路も風に乗れば、あっという間。まさかの二人が深い仲だったりする。

海からの太古の風、
夜の海風よ、
おまえはだれのために吹くのでもない。

リルケ

高安国世訳『リルケ詩集』Rainer Maria Rilke・１８７５－１９２６

夜の海風。恋人たちなら二人のために吹いていると思う。しかし誰のためでもないという。海が誕生したときから意図もなく吹きつづける風。詩人はその無意味さにおののいているのだ。カプリ島での作。

人生が空しくなれば豆を煮て大根を煮てやり過《すご》したり

関谷啓子

『最後の夏』せきやけいこ・１９５１－

掃除、洗濯、料理。日常生活の決まりごと（ルーチンワーク）はつまらないどころか、かえって救われることがある。一時的にも頭をカラにできる。悲嘆や絶望に襲われたとき。作者の場合、人生の空《むな》しさ。

ふくろふの貌が生まれてまばたきぬ　江中真弓

『六根』えなかまゆみ・1941－

闇の中から梟《ふくろう》の貌《かお》が現れた。そして大きな二つの目がゆっくりまばたいた。お前はいったい何者なのだと問いかけるように。あるいは人間などに関心はないのだというように。夜の闇そのものがまばたいたかのように。

東山千栄子のやうな衣被　今井聖

『九月の明るい坂』いまいせい・1950－

チェーホフ『桜の園』のラネーフスカヤ、小津安二郎『東京物語』の母親。たたずめばグランドピアノ、歩けば白い帆を張った帆船のように優雅だった。衣被《きぬかつぎ》を前にして往年の名優を懐かしんでいるのだ。

佛頭《ぶっとう》のごとき白菊並べらる　　川崎雅子

『坐《すわ》る』かわさきまさこ・1943－

白い巻き毛のような花びらが中心からあふれては盛り上がり、こぼれ落ちんばかり。菊花展にゆけば、さまざまな菊を目の当たりにできる。いずれも自然と人間の合作。なかに仏像の頭そっくりの厚物咲きを見つけた。

記憶のみ歳《とし》とらざるを悲しみていま蠟燭《ろうそく》に火を点《とも》したり　　谷岡亜紀

『ひどいどしゃぶり』たにおかあき・1959－

個人の記憶を司《つかさど》るのが脳、では人類の記憶装置は？　図書館、文学館、博物館、美術館。たいてい古めかしい装いだが、所蔵物の一つ一つは作られた瞬間の若々しさを永遠に湛《たた》えている。個人の記憶もまた。

もちつとで本のが来るに蚊帳へ書き

『誹風《はいふう》柳《やなぎ》多留《だる》』

もう少し待てば本物がやってくるのに。この川柳、いったい何のことやら。じつは子どもに見せようというのか、夫婦して眺めようというのか、蚊帳に雁《がん》を描いたのだ。秋の深まりを楽しむ心がある。江戸っ子は風流もせっかちだった。

月光の手触りそしてオートバイ

田彰子

『田さん』でんあきこ

銀色のメタル輝くオートバイ。走っているときは猛々《たけだけ》しいライオンのようだが、今は眠ったように静止している。恐る恐る冷ややかな車体に触れてみて月光のようだと思った。オートバイに潜む冷ややかなエロス。

ふりかねてこよひになりぬ月の雨　　尚白

俳諧選集『猿蓑《さるみの》』しょうはく・1650-1722

中秋の名月を前に降りそうで降らない。そんな天気がつづいていたのだ。ところが、その夜になって降りだしてしまった。そんな年もあるだろう。滋賀県大津の医師にして芭蕉の門弟。今年の中秋の名月は十月一日。

ありあはす山を身近《みぢ》かに今日の月　　飯田蛇笏

『椿花《ちんか》集』いいだだこつ・1885-1962

飯田家代々の住まい「山廬《さんろ》」は甲府盆地を見下ろす山の中腹にある。南アルプスも八ヶ岳も一望できる。句の「ありあはす山」とは日ごろ見慣れたこれらの山々のこと。蛇笏にとっては名山も「ありあわせ」だった。

殷勤《いんぎん》なり　去年の月
瀲灩《れんえん》たり　古城の東

蘇東坡

漢詩大系『蘇東坡』そとうば・1036－1101

律義にも去年の月がまたお出《い》でなすった。古城の東の水面がきらめいているじゃないか。なのに私は病を得て破れ窓の内に横たわっている。月は不変、人の身は変転きわまりない。「仲秋の月」三首の第一首。

◎十月

庵《あん》の月主《あるじ》をとへば芋掘《いもほり》に　　蕪村

『蕪村俳句集』ぶそん・1716―83

今夜は中秋の名月。山里の友人を訪ねると留守。畑まで芋を掘りにいったという。芋といえば今は薩摩芋を思い浮かべるかもしれないが、当時は里芋。衣被《きぬかつぎ》にして月の肴《さかな》にしようというのだ。蕪村の秋の十句をたどる。

去年より又《また》さびしひぞ秋の暮　　蕪村

『蕪村俳句集』ぶそん・1716―83

秋の夕暮れは古い和歌でも寂しいものと詠《うた》われてきた。それを人生の流れに置くとどうか。子どもたちが巣立ち、知り合いもちらほら世を去りはじめる。人生も半ばを過ぎれば秋の暮《くれ》の寂しさを誰でも感じるだろう。

腹の中へ歯はぬけけらし種ふくべ　　蕪村

『蕪村俳句集』ぶそん・1716－83

歯磨きの習慣が広まるまで、加齢とともに歯は抜け落ちるものだった。やがて一本もなくなる、これが老人の姿。「種ふくべ」は来年のため種を出さずにとっておく瓢簞《ひょうたん》。振ると腹の中で乾いた種がさらさらと鳴る。

百日の鯉《こい》切《きり》尽《つき》て鱸《すずき》かな　　蕪村

『蕪村俳句集』ぶそん・1716－83

夏の百日、お坊さんたちが集中して修行するのが夏百日《げひゃくにち》。それにならったか、『徒然草』には百日、鯉を切っていると自慢する料理人が出てくる。蕪村の句、夏百日の鯉切りを終えて、いよいよ脂ののった鱸の秋の到来。

追剥《おいはぎ》を弟子に剃《そり》けり秋の旅　　蕪村

『蕪村俳句集』ぶそん・1716－83

雲居《うんご》禅師《ぜんじ》は松島、瑞巌寺中興の祖。芭蕉の『おくのほそ道』にもその名がある。そうとは知らず襲った盗賊が、逆に改心させられて弟子になった話が伝わる。高僧の徳もさることながら、秋の情趣にほだされたという句。

おのが身の闇より吼《ほえ》て夜《よ》半《わ》の秋　　蕪村

『蕪村俳句集』ぶそん・1716－83

あるとき門弟の百池《ひゃくち》が黒犬の絵に添える句を所望した。そこでこの句をしたためた。黒犬は身中もぬばたまの闇。その闇の中から吠《ほ》えているのだ。「夜半の秋」は今は晩夏の季語だが、当時は秋の季語。秋の夜のこと。

欠《かけ》〳〵《かけ》て月もなくなる夜寒哉《かな》　　蕪村

『蕪村俳句集』ぶそん・1716－83

満月をすぎると月は夜ごとに欠けて、しまいには見えなくなってしまう。夜の闇の深まりとともに寒さも募ると解すれば理屈の句。天上の月が欠けてゆく現象に夜寒さを直感したのだ。今より月が身近な時代だった。

戸をたゝく狸と秋をおしみけり　　蕪村

『蕪村俳句集』ぶそん・1716－83

夜更け、ほとほとと戸を叩《たた》く者がある。いたずら者の狸《たぬき》もさすがに今夜の淋《さび》しさに耐えきれず、去り行く秋をともに惜しみにきたようだ。夜、戸を叩くといえば和歌では決まって恋人。それを狸にしたところが俳句。

したゝかに稲荷《にな》ひゆく法師哉《かな》　蕪村

『蕪村俳句集』ぶそん・1716－83

刈り取った稲を背負ってゆく坊さん。一人で刈って一人で運ぶ、そんな山寺の気配がある。「したゝかに」は辞書では大量、いいかえれば「山のように」。しかし量だけでなく、体で支えるその重みまで感じさせる言葉。

一人来て一人を訪《と》ふや秋のくれ　蕪村

『蕪村俳句集』ぶそん・1716－83

中国の詩に出てくる友人同士か。『伊勢物語』に描かれる王朝の恋人たちでもいい。それを友人とも恋人ともいわず、一人が一人を訪ねるといえば、秋の夕暮れの寂しさが際立つことになる。夕闇に動く二つの影法師。

あの青い空の波の音が聞《きこ》えるあたりに
何かとんでもないおとし物を
僕はしてきてしまったらしい

谷川俊太郎

『二十億光年の孤独』たにかわしゅんたろう・1931－

青空のどこかに何かを落としてきてしまった。それは自分でも何かわからないもの。十八歳のときに書いた詩「かなしみ」の書き出し。谷川俊太郎は今もその落とし物を探しつづけているのかもしれない。詩集『二十億光年の孤独』から。

窓にさす朝の光、
秋毎《ごと》實《みの》る葡萄《ぶどう》の房、

林学洙

金素雲《キムソウン》訳編『朝鮮詩集』イムハクス・1911－？

「悲哀」の前半。「それよりもなほ律氣《りちぎ》に　期《とき》を違へず　目醒むれば　はや訪るゝ　この客人！」とつづく。客人とは題名の悲哀。朝目覚めて何よりも早く感じるのが悲哀であるというのだ。一九一一年生まれ。戦前刊行の『朝鮮詩集』から。

いのちなき砂のかなしさよ
さらさらと
握れば指のあひだより落つ

石川啄木

『新編啄木歌集』いしかわたくぼく・１８８６－１９１２

「いのちなき砂」はなぜ「かなしさ」を呼び起こすのか。この叙情的な短歌は平明この上ないが、厄介な問題をはらんでいる。若き啄木が直面していたのは、まさにそこだろう。最初の歌集『一握の砂』の一首。

一葉散る咄《とつ》ひとはちる風の上

嵐雪

『蕉門名家句集』らんせつ・１６５４－１７０７

一葉とは秋、桐《きり》の葉が一枚ずつ散ること。この句、一葉散ったかと見れば、おやまた一葉散る。臨終の嵐雪が勧められて詠んだ辞世という。二度目の「ひとは」は自分のこと。「風の上」がみごと。風のなすがままに。

鰯《いわし》雲憎むほどではなくなりぬ　　近藤愛

『遠山桜』こんどうあい・1973―

人を憎むにはパワーが要る。おもに記憶力と緊張感。しかし歳月がたつと、そこまでするのがバカバカしく思えてくる。時間の効用の一つなのだが、それを自己の成長と喜ぶか、気力の衰えと嘆くかはその人しだい。

富士の嶺《ね》のいや遠長き山路をも妹《いも》がりとへばけによはず来《き》ぬ　　東歌

『万葉集』巻第十四

『万葉集』巻第十四は東国一帯の東歌《あずまうた》を集める。誰が作ったとも知れぬ歌の数々。これは駿河（静岡県中部）の歌。富士山の長い山道も、あなたに逢《あ》うためだもの、何の苦もなくやってきた。宴の歌や労働の歌として歌っていたのだろう。

蟷螂の貌を逆さに怒りけり

南うみを

『凡海《おおしあま》』みなみうみを・１９５１－

目を三角にして怒るという。人間の、あまり度量のない人の怒り方である。では人間以外の動物の怒りをどう表すか。しばしば怒っているとみられるのがカマキリ。この句、もともと三角の貌《かお》をくるりと逆にしたところ。

銀杏を拾ひ大きな影を出る

早野和子

『種』はやのかずこ・１９３５－

銀杏《ぎんなん》を拾っているときは気がつかなかった。立ち上がって帰ろうとしたとき、気づいたのだ。今まで銀杏《いちょう》の大きな影の中にいたことに。明治神宮外苑の絵画館へつづく銀杏並木。そろそろ実を落とし、黄金色に染まる。

月も踊れ《モーレ》
花も踊れ《モーレ》　宇宙の音符よ　　豊里友行
日も踊れ《モーレ》

『宇宙の音符』とよざとともゆき・1976－

まずみごとな文字の配列に感嘆する。大きな花束のようではないか。次に「宇宙の音符よ」を「花も踊れ」のあとで読むか、最後に読むか、ちょっと戸惑う。俳句と呼ぶのはためらわれるが、沖縄発の宇宙の賛歌。

テレビ今恋のソプラノ焼《やき》秋刀魚　　柳澤みはら

『うつろい』やなぎさわみはら

片やオペラ歌手が朗々とアリアを熱唱している。片や芳しく焼けた秋刀魚《さんま》を食べている。色恋と食欲。日常生活ではごくふつうに両立する。この世界はさまざまなものがにぎやかに共演している巨大な劇場なのだ。

てなづけてしまふもひとつか新コロと呼ぶにいささか抵抗あれど

久我田鶴子

『雀《すずめ》の帷子《かたびら》』くがたづこ・1955－

新型コロナウイルスが世界を騒がせて、そろそろ一年。どう対処するか、選択肢はいくつか残されているが、「てなづける」とはペットのように飼いならすこと。抑えこむのさえままならないのに、勇猛果敢な歌。

月夜茸山の寝息の思はるる

飯田龍太

『山の影』いいだりゅうた・1920－2007

妖しく光る月夜茸《つきよたけ》に見入っていたのだろうか。山の寝息をまざまざと感じたというのだ。人間を包む大いなるもの。ふだん隠れていても、ときに気配を感じることがある。そんな瞬間が詠まれている。月夜茸は毒茸《きのこ》。

harassとは猟犬をけしかける声　その鹿がつかれはてて死ぬまで

川野芽生
『Lilith』かわのめぐみ・1991ー

セクハラ、パワハラ、モラハラ。いじめ、嫌がらせと訳されるハラスメント。その語源を知って、いよいよ気味悪くなったというのだろう。「けしかける」という日本語にしても、薄ら笑いを浮かべた残酷な言葉。

みんな馬だといふ所へ国家老

『誹風《はいふう》柳《やなぎ》多留《だる》』

権力者が鹿を馬というので家臣は、みなそれに倣ってしまった。そこにご意見番の国家老が登場して「あれは鹿にてござりまする」と一言。『史記』の「鹿を指して馬と為《な》す」をもとにした江戸の川柳。権力者に忖度《そんたく》する家臣は後を絶たず。

うたた寝のなかにも仕事してわれは目ざめて葱を刻みはじめつ

服部みき子

『シンクレール』はっとりみきこ

眠りの波の打ち寄せる渚《なぎさ》を漂う。うたた寝は心地よいものだが、夢の中まで仕事が押し寄せてきたらどうだろう。殺伐たる気持ちに襲われたのではないか。それを押し隠すかのように葱《ねぎ》を刻む。忙しい現代の歌。

閲覧室のひろき机上に一隻の帆船はあり風つよき午後

加藤英彦

『プレシピス』かとうひでひこ・1954－

図書館の大テーブルに飾られた帆船の模型。外の風に触れることはないのに、いくつもの白い帆は風を孕《はら》むかのように膨らんでいるのだろう。ここに描かれているのは、外の世界への明るい渇望のようなもの。

大いなる星座のめぐる古巣かな　　湯口昌彦

『飾米《かざりごめ》』ゆぐちまさひこ・1935－

小鳥たちが雛《ひな》を育てる。舞台となるのが巣である。小枝を嘴《くちばし》で組んだものもあれば、人間が作って与えた巣箱もある。ここにあるのは雛が巣立ち、とうに見捨てられた古巣。鳥の恋をめぐる一連の春の季語の一つ。

うち群れて散るもみぢ葉を尋ぬれば山路よりこそ秋はゆきけれ　　藤原公任

『新古今和歌集』ふじわらのきんとう・966－1041

今年も紅葉が散りはじめた。連れ立ってその行方を尋ねてみれば、ああ、この山道を秋は去っていったのだな。なだらかに言葉を使いこなして、過ぎ去った秋の面影を浮かび上がらせる。公任は平安中期の歌人。

うそ寒や蚯蚓《みみず》の唄も一夜づゝ

一茶

『一茶全集』いっさ・1763―1827

「蚯蚓鳴く」は秋の静けさを表す季語。蚯蚓の声なき声を心の耳で聞きとるのだ。一茶は「蚯蚓の唄」と言い換えて、さらにおもしろい句になった。その唄さえ、冬を間近に寒さが募りはじめると一夜ずつ細ってゆく。

孤燈《ことう》　霜夕《そうせき》に耿《あき》らかなり
窮山《きゅうざん》　兵書を読む

陸游

漢詩大系『陸游』りくゆう・1125―1210

中国の詩人たちは大半が官僚だった。政争などで官職を失えば途方もない衝撃。若き陸游が科挙に落ちたときの「夜、兵書を読む」の冒頭。霜の夜にひとり灯下で未練たらたら兵書を読んでいる。ああ情けない。

◎十一月

手術台に全身おほひつくされて右の目ひとつが天井をむく　苅谷君代

『白杖《はくじょう》と花びら』かりやきみよ・1958－

先天性緑内障で視力は左〇、右〇・〇一。白い杖《つえ》が欠かせないが、その代わり音、匂い、感触、気配そして短歌によって外の世界とつながる。目の不自由な人にとって世界はどんな姿で現れるのか。歌集『白杖と花びら』の十首をたどる。

駅のホームに突き飛ばされし一瞬よ空に地があり地に空があり　苅谷君代

『白杖と花びら』かりやきみよ・1958－

障害をもつ人に世界は以前より優しくなった。とはいうものの安心するわけにはゆかない。土曜の朝、横浜駅の横須賀線ホーム。この歌の前には「ゆっくりと歩くわたしの肩先に誰かぶつかりたちまち消《う》せぬ」。

「人はそんなにあなたのことを見てゐない」それでもためらふ白杖のこと

苅谷君代

『白杖と花びら』かりやきみよ・1958－

大都会は他人に無関心でいられる場所。むしろ無関心を楽しむ場所。どんな奇抜な格好をしていても、一瞬で忘れられる。人の目にどう映るか、人と違うのを気にするのはご当人だけ。友人の忠告に一理あり。

曲《まが》り角は風が教へてくれるといふ盲学校の春の研修

苅谷君代

『白杖と花びら』かりやきみよ・1958－

十字路や三差路。ただでさえ迷路のような街を、目の見えない人はどうやって歩いてゆくのか。曲がり角にはその方向から風が吹いてくる。「風が教へてくれる」とは春のそよ風がささやいたかのような言葉。

ポケットに君とふたりで見た空の断片だけを入れて、さよなら　苅谷君代

『白杖と花びら』かりやきみよ・１９５８－

まだどうにか見えていたときの青空の記憶。この歌の「入れて」のあとの「、」がとても大事。ここにかすかに息をつぐ気配があって次の「さよなら」につながる。なぜか静かで決然とした「さよなら」である。

白杖を持ち直し店を出るときのわたしは少し強くなれたか　苅谷君代

『白杖と花びら』かりやきみよ・１９５８－

ちょっとしたきっかけで気分ばかりか生き方が変わってしまうことがある。ここでは喫茶店に入っただけ。そして沈んでいた心をまっすぐに立て直して出てきた。「持ち直す」という言葉がそれを語っている。

口惜しきはわが思ふままにならぬもの、読む、書く、歩く、それから、それから　苅谷君代

『白杖と花びら』かりやきみよ・1958－

読む、書く、歩く。一人の人間と外の世界を結ぶ基本的な手段。目が不自由なら思うままにはいかないが、それでも本を読み、手紙を書き、街を歩く。嘆きの歌に聞こえるかもしれないが、意志の歌である。

一生に佳《よ》きことひとつ子を産みしことにて今年も菖蒲湯わかす　苅谷君代

『白杖と花びら』かりやきみよ・1958－

目の不自由な人生を振り返ると、一ついいことがあったというのだ。それは子どもに恵まれたこと。新しい小さな命をこの世界へ送り出すのがどれほどすばらしいことか。薄明の中に光り輝く菖蒲《しょうぶ》湯の思い出。

「障害も個性」とふ記事に何となく頷《うなず》くことのできぬわれがゐて　苅谷君代

『白杖と花びら』かりやきみよ・１９５８－

「障害も個性」なんて、いかにも洒落《しゃれ》たキャッチフレーズ。しかし視覚障害者の作者には空虚に聞こえるのだろう。なぜならこの言葉には人としての痛みが感じられないから。痛みのない言葉は寒々と響く。

もう逃げない見えなくなるとふ現実を受けとめたときわがすべきこと　苅谷君代

『白杖と花びら』かりやきみよ・１９５８－

刻々と迫る恐ろしい現実。それを直視してはじめて次の行動の選択肢が浮かんでくる。それには心が強くなければならない。弱い心は目をそらしてしまう。この歌の決然たる響きは作者の心の反映なのだろう。

ああ、その星ちりばめた旗はまだはためいているか、
自由なる者の国土に、勇敢な者の祖国に？

フランシス・スコット・キー

亀井俊介・川本皓嗣編『アメリカ名詩選』Francis Scott Key・1779－1843

米英戦争中、猛砲撃の夜が明けたとき、ボルティモアの砦《とりで》になお星条旗がはためいているのを見た。国歌「星ちりばめた旗」の一節。今回の大統領選挙を経て読み直すと、新たな感動がある。

終着駅まぢかき夜の地下鉄に酔《すい》李《り》白《はく》ねむりつつ低吟す

高野公彦

『高野公彦歌集』たかのきみひこ・1941－

酒を愛した唐の大詩人、李白がこんなところに。現代日本の深夜の地下鉄に揺られながら眠りこんでしまった。どんな夢を見ているのか、ぶつぶつ何やらつぶやいている。今となってはコロナ以前の懐かしい光景。

豊かなり炭火の澄みてゆく時間　杉山よし江

『房州枇杷《びわ》』すぎやまよしえ・１９４３－

眠るように澄みきった炭の炎。見つめていると心の奥までしんと静まるような気がする。炭という素朴なものがもたらす至福の時間。この句、火を詠んでいるかにみえて、じつは火に託して自分の心を詠んでいる。

友さそふみなとの千鳥声すみて氷にさゆる明《あけ》がたの月　和泉式部

『平安鎌倉私家集』いずみしきぶ・生没年未詳

寒さのために景色が澄みわたる。これが「冴《さ》ゆ」。水辺に氷が張る明け方、河口の砂原で千鳥たちが呼び合う声が聞こえる。和泉式部といえば数々の恋の名歌が思い出されるが、透徹した自然の歌の作者でもあった。

富士隠す冬山ひとつ東歌　　鍵和田秞子

『鍵和田秞子全句集』かぎわだゆうこ・１９３２－２０２０

富士山は遠くからよく見える。冬晴れの日はなお。ところが近すぎて見えない場所もある。これはどこだろうか。目の前の山が邪魔をして見えない富士山を心の目で見ているのだ。東歌《あずまうた》は古代東国で歌われた歌。

天《あめ》の下すでに覆ひて降る雪の光を見れば貴くもあるか　　紀清人

『万葉集』巻第十七　きのきよひと・？－７５３

千三百年前の正月、奈良の都に雪が積もった。元正上皇は宴を開き、この雪を歌に詠むよう命じた。その一首。世を覆って降りしきる雪の光の何と貴いことか。女性上皇の恩恵がゆきわたっているとたたえる。

氷河期を見てきたやうな大嚔《おおくさめ》

神谷信行

『煙霞《えんか》』かみやのぶゆき・1956－

クシャミでもしようものなら、まわりの人がさっといなくなる。コロナのせいでそんなご時世になってしまった。心置きなくクシャミができたころの句。氷河期とはスケールが大きい。もちろんタイムマシンに乗って。

何もかも加賀のしぐれもなつかしや

細川加賀

『玉虫』ほそかわかが・1924－89

細川加賀は東京で生まれたが、両親の郷里石川県小松市が生涯故郷だった。戦中戦後の十年間そこに疎開。その三十数年後、病気療養のためふたたび帰郷した。そのときの句である。「何もかも」とは万感迫る書き出し。

鳥も木もお互いの名を知らぬまま春夏秋冬仲のよろしも　藤島秀憲

『オナカシロコ』ふじしまひでのり・1960－

冬の日を浴びる木に、きょうも鳥が来て遊んでいった。どこでも見かける当たり前のこと。しかしそんな当たり前が、かけがえのないことに思える瞬間がある。戦争や争いの絶えない人間界に長く住んでいると。

火桶抱《だい》ておとがひ臍《ほぞ》をかくしける　路通

『蕉門名家句集』ろつう・1649－1738

その姿を想像してほしい。おとがいは顎《あご》。火桶《ひおけ》にあたりながら、顎が臍《へそ》にくっつくほど身を丸めて寒さに耐えているのだ。火桶は桐《きり》の木などで作った火鉢のようなもの。路通は芭蕉の弟子。放浪の人であった。

日本海より初冬の鯖街道　　榎本好宏

『季語別　榎本好宏全句集』えのもとよしひろ・1937―

鯖街道《さばかいどう》は北の若狭から京都へ海産物を運んだ道。花背峠を越える山の道、琵琶湖西岸を通る道などいくつかの経路があるが、これは山越えの道だろうか。道の彼方《かなた》に青い冬の日本海がきらめいている。

憐《あわ》れむべし身上　衣まさに単《ひとえ》なり
心に炭の賤《やす》きを憂へて天の寒からんを願ふ。　白楽天

漢詩大系『白楽天』はくらくてん・772―846

かわいそうに自分は一重の衣。それなのに炭の値段が安いのを案じて、もっと寒くなれと願っている。「売炭翁《ばいたんおう》」の一節。そこへ皇帝の使者が馬に乗って来て、荷車ごと安い値で召し上げてしまう。白楽天は唐の詩人。

磯ちどり足をぬらして遊びけり　蕪村

『蕪村全集』ぶそん・1716－83

波を追うように波に追われるように。冬の渚《なぎさ》を走る千鳥たち。まるで子どもが遊んでいるようにみえる。可憐《かれん》な小さな鳥である。そのか細い足に目をとめて「ぬらして」とは何と泣きどころを心得た言葉選びだろうか。

ふぐ汁の表をばかな寒念仏

『誹風柳多留《はいふうやなぎだる》』

恐る恐る河豚鍋《ふぐなべ》をつついていると、どこからともなく聞こえてくる、あれは南無阿《なむあ》弥陀仏《みだぶつ》の声。やれやれ、よりによってこんなときにという江戸っ子の川柳。寒《かん》の三十日、毎夜、坊さんや信者たちが念仏を唱えながら回る、これが寒念仏。

「リンゴの唄」は敗戦の年に歌われき赤いリンゴの「あ」の明るさよ　米澤光人

『遠き凍星《いてぼし》』よねざわこうじん・1952－

名前にもA型とO型があるらしい。谷川俊太郎はA型、大岡信はO型。一生呼ばれつづけるので人格にも影響するという。「赤いリンゴに」とはじまる「リンゴの唄」はA型の歌謡曲。作詞のサトウハチローもA型？

冬帽子一つ届けに洗濯屋　森田智子

『今景《こんけい》』もりたともこ・1938－

毎年クリスマスが近づくと、「ザ・ニューヨーカー」など欧米の雑誌にはクリスマス・ストーリーが載る。たいていは心温まる物語。この句、それにならっていえばクリスマス・ポエム。大事に届けられたふかふかの帽子。

その籠も燃やして終はる落《おち》葉《ば》焚《たき》

野中亮介

『つむぎうた』のなかりょうすけ・1958－

きっと大きな庭である。何度も落ち葉をかき集めて、方々傷んでしまった落ち葉籠なのだろう。その籠も最後は落ち葉とともに火に投じられる。きれいに掃き清められた庭を前にして、いよいよ今年も本格的な冬。

枯山の枯れざる棘に刺されけり

田島良生

『鶏《けい》羅《ら》山《さん》』たじまりょうせい・1941－

たとえば庭で大事に育てられた薔薇《ばら》の株。すっかり葉が落ちても棘《とげ》はつやつやと潤っている。草や木は冬、枯れるようにみえても枯死するわけではない。幹も枝も根も生きていて春に向かって力を蓄えている。棘も。

水琴窟地の中にある大枯野　　五味真穂

『湛《たた》ふるもの』ごみまほ・１９５４－

地中に作った空洞に一滴ずつ水を落として鳴り響かせる。安土桃山時代、若き小堀遠州が考案して古田織部を驚かしたという話がある。水琴窟の音色を聞きながら地下に広がる枯野《かれの》を想像した。遠州もご満悦？

◎十二月

大甕に舞ひ入りし蝶また出でず　　加藤楸邨

『新編加藤楸邨全句集』かとうしゅうそん・1905－93

大甕《おおがめ》どころか広大な時空に紛れてしまった一羽の蝶《ちょう》。できた俳句を書くのではない。紙に筆を走らせながら俳句を作る。柔らかな感触が句の誕生を促す。これが楸邨の俳句作りの方法だった。『新編加藤楸邨全句集』からその十句を紹介する。

帰り来ぬひとの外套幾つの中　　加藤楸邨

『新編加藤楸邨全句集』かとうしゅうそん・1905－93

壁に掛けたいくつもの外套《がいとう》。その中に死者の外套が掛かったままになっている。一九九三年の楸邨没後、残された何百枚もの墨書。日本近代文学館に寄贈され、そのうちの五百二十枚が今年『新編加藤楸邨全句集』に収録された。その一句。

声持たぬ凄《すさま》じさ鰤口閉ぢて

加藤楸邨

『新編加藤楸邨全句集』かとうしゅうそん・1905－93

声は楸邨にとって大事な言葉だった。楸邨の世界では蟻《あり》も猫も声を発する。心から生まれるのが声であり、楸邨の俳句は楸邨の心の声だった。ここに横たわるみごとな鰤《ぶり》。もはや声なき口を真一文字に閉じて。

手に触れし独楽を確かめまたねむる

加藤楸邨

『新編加藤楸邨全句集』かとうしゅうそん・1905－93

独楽《こま》のつかみ心地を手で確かめて眠る。お気に入りの独楽であり、まるで分身のような独楽なのだ。少年時代の思い出にちがいないが、少年になってその気持ちを描いているところ。楸邨の大きな特長だった。

どんぐりとなれずに生きてものをいふ　加藤楸邨

『新編加藤楸邨全句集』かとうしゅうそん・１９０５－９３

ほんとうは団栗《どんぐり》になりたかった。無言のまま、そこにあるだけで満ち足りているもの。それが団栗。それなのに人間に生まれたからには、言うべきことは言わねばならない。言葉を使う人間としての覚悟の句。

葱の国蒟蒻の国老いきるな　加藤楸邨

『新編加藤楸邨全句集』かとうしゅうそん・１９０５－９３

「老いきる」とは老人らしい老人になってしまうこと。そうはならない、なるものかというのだ。葱《ねぎ》と蒟蒻《こんにゃく》を出したのはそれが楸邨の好みだったからか。豆腐の国、白菜の国、がんもどきの国、何でもいい。

舞茸が過ぎ来し嶺は皆新雪　加藤楸邨

『新編加藤楸邨全句集』かとうしゅうそん・1905－93

旅する舞茸《まいたけ》？　舞茸を前にして、そのたどってきた旅路に思いを馳《は》せているのだろうか。どこかはるかな山国から東京の楸邨宅まで、いくつもの山を越えてきた。その山々がけさは真っ白な雪に輝いている。

わが影の我が顔持たず羨《とも》しけれ　加藤楸邨

『新編加藤楸邨全句集』かとうしゅうそん・1905－93

楸邨にとって人間の顔は哀《かな》しいものだった。顔があるゆえに人間は自分自身でしかありえない。楸邨は楸邨でしかありえない。この当たり前のこと、ふつうは気にもしないことに哀愁を覚えるのが詩人である。

わがこゑとならざりしもの咳となる　加藤楸邨

『新編加藤楸邨全句集』かとうしゅうそん・1905－93

声は人間の心から生まれる。それは言葉となり詩歌になる。ところが声にならなかったものがある。当然、言葉にも詩歌にもならない。それが咳《せき》というのだ。咳の俳句的解釈。風邪のせいというのは医学的理屈。

わびすけに触れて過ぐれば花わらふ　加藤楸邨

『新編加藤楸邨全句集』かとうしゅうそん・1905－93

この世の片隅にそっと隠れて咲いている。侘助《わびすけ》は椿《つばき》に似た地味な花である。その小さな花がかすかに笑っている。これも筆が紙をすべる、その感触から生まれた世界。ここに楸邨の自由自在の姿がある。

われら滅び遺跡となりて見いだされ呼ばれるだろうプラスチック紀と

菅原あつ子

『プラスチック紀』すがわらあつこ・1954－

まさにプラスチック文明。便利な素材だが、ゴミとなって生物を殺し人類を苦しめる。プラゴミ拾いをつづけている人らしく『プラスチック紀』は告発の歌集。「あらなみにもまれやさしき玉となる良きシーグラス見えぬこのごろ」とも。

朝寒や紙をくしやつとする音も

小池康生

『奎星《けいせい》』こいけやすお・1956－

紙くずを丸める。紙と空気のたてるあの乾いた音に今朝の寒さを感じた。日本人は古くから音に季節を感じてきた。風鈴の音に涼しさを、風の音に秋の訪れをというふうに。朝寒は晩秋の寒さを表す一連の季語の一つ。

木がらしの音を着て来る紙子哉《かな》

素　丸

『近世俳句俳文集』そまる・１７１３－９５

紙子《かみこ》は和紙で作った着物。風を通さないので、かつて防寒防風用に着た。そのカサコソという音を木枯らしの音と聞きなしている。木枯らしそのものをざっくりと羽織っているようではないか。素丸は幕府旗本。

日当《あた》りや俵の中の炭の音

高浜虚子

『定本　高浜虚子全集』たかはまきょし・１８７４－１９５９

炭はまだしも炭俵など見かけなくなった。炭俵の中でどんな音がするのか、不思議に思う人もいるだろう。太陽の熱で乾いた炭がパリパリとひび割れる音を立てているのだ。明治二十七年、虚子二十歳ごろの句。

大きうなれと母の口癖零余子飯　　清水志

『夜汽車』しみずえさし・１９４３－

病気、交通事故、犯罪。子どもにとって人間界は危険がいっぱい。早く大きくなって鬼の魔手から逃れてほしい。まともな親ならそう願うだろう。そんな親の願いが今更ながらありがたい。零余子《むかご》は山芋などの脇芽。

橡の実の山川まろぶひとつ哉《かな》　　飯田蛇笏

『飯田蛇笏集成』いいだだこつ・１８８５－１９６２

橡《とち》（栃）の実はゴツゴツした武骨な実。色は栗に似ているが、形は栗のようには整っていない。搗《つ》きこんで橡餅にしたりする。いま山の木から落ちた実が一つ。谷の水に流されてごろりごろりと川を下りはじめた。

あっち向いてほいと言はれて冬に入る

石井那由太

『七生《ななお》』いしいなゆた・1941－

ジャンケンは江戸時代の日本で誕生したという有力な説がある。「あっち向いてほい」はそのジャンケンの変化形。大の大人が懸命に顔を上下左右に動かす。芭蕉の句にならえば「おもしろうてやがて悲しき」遊びである。

掘られてもまだ眠りをる泥鰌かな

金子竜胆

『赤城嶺《あかぎね》』かねこりんどう・1945－

歳時記によれば、泥鰌《どじょう》は田んぼや水辺の泥に潜って冬を越す。泥を掘って泥鰌をとらえるのが「泥鰌掘る」。冬の季語である。この泥鰌、冬眠中に掘り起こされ、まだ現《うつつ》に戻れない。やがて鍋で煮られるとも知らずに。

世に経るは苦しきものを槙の屋にやすくも過ぐる初時雨かな　二条院讃岐

『新古今和歌集』にじょういんのさぬき・１１４１頃－１２１７頃

はらはらと軽やかな音を立てて通りすぎる初時雨よ。生きてゆくのはたいへんなのに。時雨の音を聞きながら、「降る」から「経《ふ》る」を連想した。「槙《まき》の屋」は槙にかぎらず杉や檜《ひのき》の板屋根。讃岐は源平時代の女性歌人。

ひと鋸にゆつくり傾《かし》ぐ冬木かな　善野行

『聖五月』ぜんのこう・１９５７－

「ひと鋸《のこ》に」とは鋸を引くたびに少しずつ傾く、やや大きな木なのだろう。「ひと鋸で」傾くような細い木ではない。人間界のどういう事情かは知らず、切られることになった木。何もいわず運命に従う木の姿である。

初雪は千重に降りしけ恋しくの多かる我は見つつ偲はむ　大原真人今城

『万葉集』巻第二十　おおはらのまひといまき・生没年未詳

奈良の都に初雪が降った日、大伴池主《おおとものいけぬし》の屋敷で宴《うたげ》があった。そこで詠んだ歌。初雪よ、千重に降り積もれ。降りしきる雪を眺めながら、この宴にいるべきあなた（家持）をしのぶことにしよう。雪は友を偲《しの》ばせる。

雪が降る少女の中の少年に　照屋眞理子

『猫も天使も』てるやまりこ・1951－2019

十代は危うい年ごろ。少女の心の中に少年がいたり、少年の心の中に少女がいたりする。この句、ある少女の心に住む少年に雪が降りしきっているのだろうか。数人の少女の中に少年が一人いるのではあるまい。

風は落とす呉江の雪
紛紛として酒杯に入る。

李　白

漢詩大系『李白』りはく・701−762

「酒に対し酔うて屈突明府の庁に題す」の一節。屈突（名字）県長官よ、いつ職を辞して故郷へ帰られるのか。呉江の雪が杯に舞い散る。酔いに任せて一さし舞って進ぜよう。官舎の壁に書きなぐった詩である。

生き生きと息子は短歌詠んでおりたとえおかんが俵万智でも

俵万智

『未来のサイズ』たわらまち・1962−

『サラダ記念日』でデビューした俵万智も、いまやたくましき「おかん」。あれは一九八七年だから三十年以上も昔の話である。この歌を読めば「息子」もまた短歌を詠む。プレッシャーなど、ものともせず。

ひそやかなるくれなゐの息寒椿　　森清信子

『露の堂』もりきよのぶこ・１９４７－

真っ赤な寒椿《かんつばき》。この句を読むと、顔を近づけて花の柔らかな息をまざまざと感じている感触がある。いうまでもなくすべての生き物は呼吸している。動物だけでなく植物も。人間はそれをときおりしか感じとれない。

冬の星死んだ娘と思ふとよ　　巫依子

『青き薔薇《ばら》』かんなぎよりこ・１９７２－

「死んだ娘と思ふ」。親からみればわがまま娘に、あるときそんな言葉を投げつけた。星空を仰ぎながら、娘はその言葉を思い出しているのだろうか。それが「とよ」である。娘の意地と淋《さび》しさのこもる二音である。

雪降りて人もかよはぬ道なれやあとはかもなく思ひ消ゆらむ　凡河内躬恒

『古今和歌集』おおしこうちのみつね・生没年未詳

雪が積もって道は跡形もなく消えて人も通わない。そんな雪の中で暮らす人は胸の思いも雪に消え入るような気がするのではないか。「あとはか」は跡形。それに「はかなく」を掛ける。何もかも消してしまう真っ白な雪。

むらあやてこもひよこたま

『閑吟集《かんぎんしゅう》』

むらあやてこも？　ひよこたま？　首ばかりひねってないで下から読むと……やや「また今宵《こよい》も来《こ》でやあらむ」。今夜もいらっしゃらないみたいねという女の恨みごと。いや、なかなか厄介な恋の誘いである。『閑吟集』は室町時代の歌謡集。

酒は唇《くち》よりきたり
恋は眼《まなこ》より入る。

イエーツ

加島祥造編『イエーツ詩集』William Butler Yeats・１８６５－１９３９

イエーツは十九、二十世紀のアイルランドの詩人。能楽風の戯曲『鷹《たか》の井戸』の作者でもある。六行の詩「酒の唄」の印象的な書き出し。「われら老いかつ死ぬる前に／知るべき一切の真はこれのみ。」。

やくそくの首とりに行《いく》大三十日

『誹風柳多留《はいふうやなぎだる》』

落語の「掛け取り」は大晦日《おおみそか》の借金取りの話。長屋の熊さんが、押しかける掛け取りの「好きなこと」を演じて取り立てを次々にかわす。その日暮らしが身上の江戸っ子のこと、夜遅くまで頭脳戦が繰り広げられた。この川柳のとおり。

◎一月

元日やされば野川の水の音　　来山

『近世俳句俳文集』らいざん・1654―1716

久々に到来した天下太平の江戸時代。人々はささやかな暮らしに没入し、絵画も文学もそれを映し出す。俳句もその一つ。静かな元日の朝、野原を流れる小川のせせらぎが聞こえる。江戸の初春の十句を紹介する。『近世俳句俳文集』から。

元朝も茶漬《ちゃづけ》くふとて名はたてそ　　団水

『近世俳句俳文集』だんすい・1663―1711

元日は雑煮。丸餅、切り餅その他もろもろを入れて新年を寿《ことほ》ぐ。とはいえ懐のさみしいわが身は茶漬けをすするのみ。そんな噂《うわさ》を立てないでくださいよ。団水は大坂京都で名を知られた俳人。井原西鶴に学んだ。

春立《たつ》やにほんめでたき門の松　　徳　元

『近世俳句俳文集』とくげん・１５５９－１６４７

旧暦の正月は立春（二月四日ごろ）のころ。「にほん」とは二本の門松であり日本であり春と正月の二つでもある。めでた尽くしの門松なのだ。徳元は関白豊臣秀次に仕えたが関ヶ原で敗れ、若狭（福井県）へ逃げた。

つげて明《あけ》ぬ玉子《たまご》乃《の》親ぢ世界の春　　似　船

『近世俳句俳文集』じせん・１６２９－１７０５

夜明けを告げる鶏の声。なかでも年明けを告げる元旦の鶏は初鶏という。この句、偉そうな儒学の先生の口調でもまねたか。鶏すなわち卵の親父《おやじ》の声であるなどとばかばかしいことをまじめに説教する。京の俳人。

鳳凰か今朝鳥が啼《なく》吾妻の春　　風虎

『近世俳句俳文集』ふうこ・1619－85

江戸の町のあちこちで雄鶏《おんどり》が新年の鬨《とき》をつくる。あれは太平の世に現れる鳳凰《ほうおう》の声ではないか。「鶏が鳴く」は吾妻《あずま》（東国）の枕詞《まくらことば》。風虎は磐城平藩（福島県いわき市）の大名内藤頼長。芭蕉と親しかった露沾《ろせん》は次男。

濡縁《ぬれえん》や薺《なずな》こぼるゝ土ながら　　嵐雪

『近世俳句俳文集』らんせつ・1654－1707

今日は七種《ななくさ》。今は七種粥《がゆ》の材料をスーパーで買うご時世だが、昔は自分で初春の野に出て摘んできた。嵐雪の句、七日の早朝、摘んだばかりの薺が濡れ縁に落ちている。泥のついたまま。薺も土もまこと新鮮。

初学徳に入《いる》のもんじを試筆哉《かな》　信徳

『近世俳句俳文集』しんとく・1633－98

初学《しょがく》徳ニ入ルノ門ナリ。儒学入門書『大学』。南宋の朱子による解説『大学章句』の一節を句に取り入れた。「入ルノ門」の門に「もんじ」（文字）の文を重ねる。試筆は書き初め。難しい字面が並ぶが、まあ言葉遊び。

子に恥《はじ》て伽羅《きゃら》こそとめねきそはじめ　如泉

『近世俳句俳文集』じょせん・1644－1715

親父《おやじ》どの、老いらくの恋でも。などと息子にからかわれないよう、羽織に伽羅など焚《た》きしめたりしないけれどというのだ。「きそはじめ」（着衣始）は正月に新しく仕立てた着物を着ること。伽羅は香木の絶品。

寝て居よか起きて居ようか花の春　　西吟

『近世俳句俳文集』さいぎん・?－1709

江戸時代の武士たちは武術を振るう場がなく、幕府や藩のいわば公務員になるしかなかった。西吟の先祖は豊臣秀吉に仕えた荒木村重の家臣水田和兵衛。それが百年も経《た》たぬうちにこのとおり。これこそ太平の世。

それも応是《これ》もおうなり老《おい》の春　　涼菟

『近世俳句俳文集』りょうと・1659－1717

老人は鷹揚《おうよう》に構えているのがいい。そうせぬ人もいるが、そういう考え方がある。涼菟は伊勢神宮の神職にして芭蕉の門弟。この句を詠んだ元禄十三年（一七〇〇年）、四十二歳。当時は四十歳になれば翁《おきな》だった。

これは一度も手紙をくれたことのない
世間のひとびとに送るわたしの手紙です

エミリー・ディキンスン

新倉俊一訳編『ディキンスン詩集』Emily Dickinson・1830－86

ディキンスンは十九世紀アメリカの詩人。東部の田舎町アマストで五十五年の生涯を送った。この詩（作品番号四四一）の「わたしの手紙」とは詩のこと。孤独の中で紡がれた世界へのメッセージ。

舞《まい》妓《こ》等《ら》の喜び合うて初鏡

平松小いとゞ

『平松小いとゞ全集』ひらまつこいとど・1916－44

初鏡は元日の鏡。若い舞妓たちがはしゃぎながら白粉《おしろい》を叩《たた》き紅をさしている。笑い声が聞こえるかのよう。小いとゞは新宮市生まれの俳人。昭和十九年、中国戦線で顔に被弾して戦死。二十七歳。谷口智行編『平松小いとゞ全集』から。

これより怒《いか》ることをば断たむとぞ誓ひしは元旦に怒りたるのち

浦部晶夫

『晩晴』うらべあきお・1946－

カトリックで怒りは七つの大罪の一つ。仏教では煩悩のうちでも三毒に数える。それならば、せめて理性でコントロールできれば立派な人格者なのだが、凡人にはなかなか手にあまる。つい怒ったあとの反省しきり。

今日はもし君も訪《と》ふとながむれどまだ跡もなき庭の雪かな

藤原俊成

『新古今和歌集』ふじわらのしゅんぜい・1114－1204

今日は訪ねてくるかと眺めても庭の雪にまだ足跡もない。ともに雪を眺めようと甥《おい》の左大臣藤原実定《さねさだ》に贈った歌。返歌が洒落《しゃれ》ている。えっ、そうですか。心はそちらに行っているのに、心は跡を残しませんものね。

羽子の音止《や》みて昔の静けさに　林　亮

『歳華』はやしまこと・１９５３－

正月、羽子をつくことも珍しくなった。羽子つきの音がはたと止んで、もとの静けさに戻ったというのではなかろう。遠い昔のままの静けさがそこに広がっていたのだ。時間は単純に流れない。過去へ流れることもある。

白をもて一つ年とる浮鷗《うきかもめ》　森澄雄

『季題別森澄雄全句集』もりすみお・１９１９－２０１０

人生半ば、森澄雄は近江（滋賀県）を旅した。そこは三百年前、芭蕉が愛した土地であり芭蕉を探る旅だった。琵琶湖も鷗も自分も一つ年をとったことほぐ句である。周囲の山々には雪。深閑《しんかん》たる天地。

歌かるたにも美しひ意地か有

『誹風《はいふう》柳《やなぎ》多留《だる》』

「百人一首」はゲーム。春着の娘たちや息子たちがしのぎを削る。なかにはこの札だけは誰にもとられたくない、絶対私のものと意地をかける札がある。「しのぶれど」「由良の門《と》を」のように。この川柳の「美しひ……意地」とはそのこと。

花となるまで廻転《かいてん》のスケーター

名取里美

『森の螢』なとりさとみ・1961－

人生、誰もが花になるわけではない。花になろうと思うわけでもない。葉っぱの人生もあれば、根っこの人生もある。しかし花にならなければならないのがフィギュアスケート。なかなか苛烈なスポーツではある。

煌々《こうこう》と光りて動く山ひとつ押し傾《かたぶ》けて来る力はも

北原白秋

『北原白秋歌集』きたはらはくしゅう・１８８５―１９４２

二十七歳の白秋は隣の夫人との姦通《かんつう》罪で告訴される。にもかかわらず、すべてを引き受けて活動をつづけた。その後の歌。「光りて動く山」「押し傾けて来る力」と、さながら宇宙原初の力を願う一首ではないか。

ある夜月に富士大形の寒さかな

飯田蛇笏

『飯田蛇笏全句集』いいだだこつ・１８８５―１９６２

「大形（大仰）なことをいう」の大形であり大袈裟《げさ》の意味。驚くほど大きな富士山の影が、月の冴《さ》えわたる夜空に浮かんでいたのだ。飯田家は甲府盆地の南の山麓にある。少し場所を移せば、はるかに富士が望める。

白鳥の歩みにひかり従ひぬ　　松永律子

『砂の音』まつながりつこ・１９４８－

白鳥は想像するほど美しい鳥ではない。生き物であるから当然のことだろう。ここでは大きな体を揺らしながら、地上を歩いているところ。白鳥の発する白い光もまた揺れながら移ってゆく。あたりを照らしながら。

粗塩を口いっぱいに鮭売られ　　斎藤じろう

『木洩《こも》れ日《び》』さいとうじろう・１９４５－

人類の食卓には地球上のさまざまな生き物が供される。この店には荒巻鮭《あらまきさけ》がずらりと並んでいる。きのう水の流れた口に、きょうは塩をぎっしり詰め込まれて。鮭には気の毒ではあるが、人類を育む豊饒《ほうじょう》の光景。

子がわれかわれが子なのかわからぬまで子を抱き湯に入り子を抱き眠る

河野裕子

『河野裕子歌集』かわのゆうこ・1946−2010

母親にとって赤ちゃんは分身どころか自分の一部なのだろう。ちょっと前までお腹《なか》の中にいたのだから。こんな歌を読むと、そう思ってしまう。父親からみれば、母と子の関係は理解しがたく、かつ近寄りがたい。

鯛焼《たいやき》を割って私は君の母

神野紗希

『すみれそよぐ』こうのさき・1983−

新米のお母さん。子育てに何かと迷うこともあるが、やるしかない。この広い世界に君のママは私しかいないんだから。堂々たる覚悟の一句である。「君」が大きくなって高校生になったら、ぜひ読んでほしい。

蘇東坡

南渓　雪を得たる　真に　価《あたい》無し
馬を走《は》せ　来たり看《み》て　未《いま》だ消えざるに及ぶ

漢詩大系『蘇東坡』そとうば・1036−1101

夜雪の降った朝、馬を走らせて南渓にゆき、酒を酌みながら雪を眺めた。そんな長い題のある詩の冒頭。ここの雪景色は値段がつけられない。蘇東坡は鳳翔（陝西省）赴任中、南渓の竹林に避世堂を構えていた。

鈴鹿呂仁

雑踏に身をおく影も寒の人

『真帆の明日へ』すずかろじん・1950−

影のように雑踏にたたずむ人。人混みの中を影のように去ってゆく人。その人影もまた寒中らしいというのだ。寒は小寒（今年は一月五日）から立春（二月三日）の前日まで。冬も終わりのもっとも寒い時期。

氷から氷へ走る子らの声　安藤美佐江

『螢の夜』あんどうみさえ・1953－

「あっ氷だ」という声に子どもが集まる。「ここも凍ってるよ」という向こうの声に子どもが駆け寄る。冬の朝のそんな場面を想像した。真冬の氷の句だが、どこかしら春の光を感じるのは子どもの声のゆえだろうか。

めでたかる文字を連ぬる〈加壽萬喜《かすまき》〉を食ぶることとす正月なれば　辻尾修

『渡りゆくもの』つじおおさむ・1947－

「かすまき」はカステラで餡子《あんこ》を巻いたロール菓子。参勤交代から無事帰った藩主を労《ねぎら》おうと対馬で考案されたという。さらなる長寿を祈り、あまたの喜びを招く。縁起のいい漢字ばかりを集めて売る店もある。

わが宿は雪降りしきて道もなし踏みわけてとふ人しなければ

読人しらず
『古今和歌集』

雪の降り積もった庭。世間から忘れられた私を訪ねてくる人もない。雪ごもりの寂しさを嘆くようにみえて、じつは人に邪魔されない静かな生活を楽しんでいる。だからこそ作者は歌に詠み、読者はその境遇に憧れる。

あそびは夜。人の顔見えぬほど。

清少納言
『枕草子』せいしょうなごん・966頃－1025頃

「あそびは夜」とはなんと素敵《すてき》な言葉だろう。そこにそっと「人の顔見えぬほど」と添える。さすが清少納言は話がわかると感心するのだが、多くの解説者は「あそび」は管弦つまり音楽とおっしゃる。なんと堅物な。

◎二月

人間は　矛盾の中に漂へるひとひらの花と書きくれしひと　池田理代子

『寂しき骨』いけだりよこ・1947－

矛盾の中を漂うひとひらの花びら。六十歳の女性が二十五下の男性と恋をする。漫画「ベルサイユのばら」の作者の恋はどう展開するのか。その恋から生まれた最初の歌集『寂しき骨』の十首をたどる。最終章「最後の恋」の巻頭の歌。

陽《ひ》の似合う健やかにして大きなる　広き肩にぞ秋は来にけり　池田理代子

『寂しき骨』いけだりよこ・1947－

出会ったのは十二年前、オペラの稽古場だった。池田は人生半ばにして音楽大学で学び、ソプラノ歌手になっていた。男性は若いオペラ歌手だった。一瞬にして恋に落ち、次の瞬間、絶望に打ちのめされていた。

この空の果てに君あり　面影の疾風《かぜ》ともなりて我に訪《と》い来よ　池田理代子

『寂しき骨』いけだりよこ・１９４７－

艶《あで》やかに深く気高きバリトン！　その人は全国公演の旅にある。離れれば離れるほど、心と心は逆に近づく。そしてこの恋からもはや逃れられないことを密《ひそ》かに思い知るのだ。網に絡められた美しい鹿のように。

ただ白き光となりてわがあらむ　君のすべてを抱《いだ》かんがため　池田理代子

『寂しき骨』いけだりよこ・１９４７－

この人を傷つけてはいけないと自分をたしなめる。かけがえのない存在であればあるほど。遠くからそっと見守っていたいと思う。ただ白い光になって。熟成を重ねた葡萄酒《ぶどうしゅ》のように、なんと香《かぐわ》しい思いだろうか。

黒き波ののたうつ海辺の部屋にありて　逃れ来しものの　すべてを思う

池田理代子

『寂しき骨』いけだりよこ・１９４７－

海は見る人の心に応じて姿を変える。豊饒《ほうじょう》の母にも青い砂漠にもなる。作者が「逃れ来しもの」とは何か。恋を阻むもの？　躊躇《ちゅうちょ》する自分の心？　その「すべて」が今は黒い波となって目の前でのたうっている。

かかる恋　かかる君にぞ巡りあいて　還《かえ》れぬ道にいま踏み入りぬ

池田理代子

『寂しき骨』いけだりよこ・１９４７－

「かかる恋　かかる君にぞ」の「かかる」は、ああ何でこんな苦しい目に遭うのかという悲嘆の言葉。いわば嘆きの感嘆詞。恋の成就の瞬間にさえ運命の神を呪う、そんな恋なのだ。「還れぬ道」の説明は要らない。

悠然と二十五年を遅れ来て　我を愛すとなど君のいう

『寂しき骨』いけだりよこ・1947−　池田理代子

「人の苦しみも知らず、二十五年ものんきに遅れて来やがって!」。歌集のエッセイにそうある。ただじつは「我」こそ「君」を悠然と眺めている。年上だからというより、短歌という言葉をもつ人だからだろうか。

わたくしの生を負わむと若さゆえ　無知ゆえ君は阿呆なこと言う

『寂しき骨』いけだりよこ・1947−　池田理代子

恋は本気でささやかせる。振り返れば恥ずかしくなるような言葉を。この場合、ささやかれた作者も苦しい恋の渦中にいるが、そんな二人を冷静に眺める別の心も動いている。それが大阪弁の「阿呆なこと言う」。

わたくしと同じ愚かしさを持つ人よ　若き日の過ち見ているようだ

池田理代子

『寂しき骨』いけだりよこ・1947−

人みな賢くなろうとしのぎを削る時代。ひとかけらの愚を持ち合わせているのは、それだけですばらしい。そして恋は人が愚かになれる数少ない場面。賢さは共感を呼ばないが、愚かさは共感を呼ぶ。この歌のように。

この人を忘れてしまう日が来るのか　いつか私でなくなる時が

池田理代子

『寂しき骨』いけだりよこ・1947−

恋は不安に裏打ちされた喜び。いつか互いに互いを忘れる日が来るかもしれない。そうなれば私は私でなくなると思うのは恋の魔法のゆえ。魔法が解けても人生はつづく。ときおり魔法を懐かしむことはあっても。

つぎつぎと障子開くや春景色　松浦加古

『探梅』まつうらかこ・1934—

春景色もさまざま。春たけなわ桜の花ざかりもあれば、晩春の緑に染まる野山もある。この句は立春をすぎた春まだ浅い景色だろう。しかし明らかにもはや春なのだ。障子を開けば現れる、その驚きがそう感じさせる。

火祭のゴトビキ岩に星いごく　杉浦圭祐

『異地』すぎうらけいすけ・1968—

ゴトビキ岩は神倉山（和歌山県新宮市）頂上の巨岩。ゴトビキはヒキガエルのこと。二月六日の御燈祭《おとうまつり》は神倉神社の火祭り。白装束の上がり子たちが五百段を超す石段を一気に駆けおりる。猛《たけ》り狂う炎の奔流となって。

八ヶ岳快晴ひとり畑打つ

浅川健一

『八ヶ岳南麓』あさかわけんいち・1953－

春の農作業の初めの一つが畑打ち。作物の植え付け前に土を柔らかく砕いてゆく。作者は現在の北杜市で生まれ育って、ここにクリニックを開いた。日々仰ぐ八ヶ岳。句にもこまやかな愛情がこもる。

産み月の迫れる妻の歩みゆき黄金に輝く菜の花一群

米田郁夫

『金剛葛城山麓日誌』こめだいくお・1947－

ゆるやかに過ぎてゆくもの。人の営みも季節の変化も、心を据えて眺めれば、じつにゆったりと流れてゆく。まぶしい黄金の残像を曳《ひ》きながら。人生がそうであるように、大きな時の流れの中にある一首。

母親になりきる勇気春の水　甲斐のぞみ

『絵本の山』かいのぞみ・1973―

赤ちゃんが生まれれば女性は母になる。しかし「なりきる」には勇気がいるというのだ。まだ若い身空、やりたい仕事もあれば挑戦したい夢もあるだろう。夫と分担するにしても、その一切をやりきる勇気だろうか。

それでもカブは抜けませんそのカブを抜かんと絵本に入りたる二歳　仲間節子

『シンギングサンド』なかませつこ・1950―

『おおきなかぶ』はロシア民話。おじいさん、おばあさん、孫娘、犬、猫が次々に加わっても「それでもカブは抜けません」。絵本の外の子どもは、この決まり文句に声を合わせる。そして最後に呼んだのは？

全体重そそぎて父の腹に飛び児《こ》の一日は始まるらしも

黒瀬珂瀾

『ひかりの針がうたふ』くろせからん・1977－

外に出れば気難しい人であったり仕事の鬼であっても、家のドアを入れば子どもの父である。朝まだ眠いのに寝床にきて跳ね回る小さな子。「らしも」なんて斜に構えてはいるが、もちろんうれしいのだ。

古《いにしえ》の人に我あれや楽浪《ささなみ》の古き京《みやこ》を見れば悲しき

高市古人

『万葉集』巻第一　たけちのふるひと・生没年未詳

唐・新羅連合軍に敗れた白村江の戦い（六六三年）後、五年間だけ近江（滋賀県）の大津京に遷都した。その後の荒廃ぶりを嘆く歌。この悲しさは何だろう。私は当時の人でもないのに。「ささなみの」は近江の枕詞《まくらことば》。

な見さいそ　な見さいそ　人の推する　な見さいそ

『閑吟集《かんぎんしゅう》』

そんなに私を見つめないでください。人に気づかれてしまうから。『閑吟集』は室町時代の歌謡集。恋に恥じらう女の言葉そのまま。「思ふ方へこそ　目も行き　顔も振らるれ」、これが男の返事。背後に京のような大きな町が想像される。

がらんどう！
なんにもなし！
そこへふと　湧き起《おこ》る雲一つ、

李光洙

金素雲《キムソウン》訳編『朝鮮詩集』イグァンス・1892－？

「いかづち　轟《とどろ》き／風　雨を呼び——／やがて　さて／がらんどう！／なんにもなし！」とつづく。空のことかと思うと、題は「心」。心が空のようなのか、空が心のようなのか。日本の統治時代に刊行された『朝鮮詩集』から。

白梅《しらうめ》や誰《た》がむかしより垣の外

蕪村

『蕪村全集』ぶそん・1716－83

誰だろう、昔から垣根の外に佇《たたず》んでいるのは。さあ知らないよ。「白梅」が「知らず」を匂わせる。白梅の働きはそこにとどまらず、白梅の花かげに誰かが佇んでいる感じがする。この句に漂う馥郁《ふくいく》たる梅の香りよ。

春霞《はるがすみ》立つを見すてて行く雁《かり》は花なき里に住みやならへる

伊勢

『古今和歌集』いせ・877頃－939頃

霞がたち、やがて桜の花も咲くのに北の国へ旅立つ雁よ。きっと花のない里に住んでいるんだね。雁の歌だが、男女の仲を投影しているようだ。この私を捨てるなんて、あなたの気が知れやしない。平安中期の歌人。

美しさ男へたんとふしが売れ

『誹風柳多留《はいふうやなぎだる》』

テレビの時代劇が当時と大いに異なるのがお歯黒。女性たちは結婚が決まると歯を黒く染めた。染料の五倍子《ふしこ》粉はヌルデの若葉の虫こぶから製する。この川柳、それがなぜ男に売れるのかといえば、五倍子屋の売り子が美人なのである。

龍太忌のすぎていつもの盆地の灯

度会さち子

『花に問ふ』わたらいさちこ・1946－

誰にでも特別の日がある。この人にとって二月二十五日の飯田龍太忌がそうなのだろう。それを過ぎればまたもとの日常に戻る。川の水が大きな岩を乗り越えて流れるように。甲府盆地の南の山腹に飯田家がある。

胸の上に大き嘴《くちばし》休ませてペリカン沈思君は黙考

小城小枝子

『みちばたの石』おぎさえこ

それは長い嘴というより大きな袋。薄い皮で喉につながっていて口を開けば、ぶかぶかと風に鳴る。小魚をがばと捕らえるのに役立つらしい。そんなペリカンの肖像画。若い鳥でもなぜか思慮深そうに見える。

亀落ちておのづとおよぐ春の水

金田伸一

『山幸』かねだしんいち・1939－

春の昼下がりの池。もしや誰かに見られてしまったか。うとうととした瞬間、岩の上から落ちてしまったところを。こうなったからには素知らぬ顔で泳ぐしかないではないか。そんな亀の声が聞こえてきそうな一句。

李白は一斗　詩百篇《へん》
長安市上　酒家に眠る

杜　甫

漢詩大系『杜甫』とほ・712−770

李白は一斗の酒を飲めば百篇の詩が生まれ、いつも長安の飲み屋で眠っている。八人の酒豪をたたえる「飲中八仙歌」。皇帝に呼ばれても船に乗れず、みずから「酒中の仙」と豪語しているとつづく。寸言にして的中。

◎三月

喪《うしな》へばうしなふほどに降る雪よ　　照井翠

『龍宮』てるいみどり・１９６２−

おびただしい人の命が奪われ、人々の生活が奪われた。東日本大震災と東京電力福島原発のメルトダウンによって。照井は大津波に襲われた岩手県釜石市に高校教師として赴任していた。二冊の句集からその十年をたどる。

御くるみのレースを剝げば泥の花　　照井翠

『龍宮』てるいみどり・１９６２−

大津波に呑《の》みこまれた小さな命。おくるみだけが泥の中に残されたのだろうか。レースを剝がすと、編み目の花模様がくっきりと泥に写っていた。それを「泥の花」といったのだ。一瞬、泥にまみれた赤ん坊の顔がよぎる。

双子なら同じ死顔《しにがお》桃の花

照井翠

『龍宮』てるいみどり・１９６２－

双子ゆえにきっと同じ死に顔をしているだろう。津波にさらわれたままの子どもの面影が浮かぶのだ。一人の死に顔に、もう一人の死に顔がそっと寄り添う。かつての日々がつづいていたら「同じ笑顔」のはずだった。

ひとりまたひとり加はる卒業歌

照井翠

『龍宮』てるいみどり・１９６２－

卒業を目前にして津波に命を奪われた子どもたち。その子どもたちの姿が、卒業歌を歌う子どもたちの中に見えるのだろう。どこからともなく現れて友人たちの間に入り、歌が終わればどこへともなく去ってゆく幻。

風花や悲しみに根の無かりけり　照井翠

『龍宮』てるいみどり・１９６２－

根のない悲しみとは、根の深い悲しみ以上の底知れぬ悲しみ。風花《かざはな》の舞う空のように茫漠《ぼうばく》として捉えようがない。単に悲しみに根がなかったというのではなく、そのことに今気づいたというのだ。それが「けり」の意味。

三・一一死者に添ひ伏す泥天使　照井翠

『泥天使』てるいみどり・１９６２－

死者を埋める大津波の泥。その泥が「泥の天使」に見えたのだ。亡骸《なきがら》に寄り添い、ひしと抱きしめている。十字架から降ろされたキリストを抱きかかえる聖母マリアのようでもある。それは照井自身でもあるだろう。

春の泥抱起《だきおこ》すたび違ふ顔　照井翠

『泥天使』てるいみどり・1962－

大事な人を探しているのだ。子どもを、妻を夫を、親を。しかし泥の中から抱き起こしてみると、見も知らぬ別の人である。大津波で多くの人の命が失われた。その家族や友人の誰もが同じ虚《むな》しい思いを抱いていた。

屍《かばね》より管伸びきたる浮葉《うきは》かな　照井翠

『泥天使』てるいみどり・1962－

浮葉は蓮《はす》の若葉。やがて立ち上がって水を離れるまで、水面にはりついている。水中の葉柄をたどってゆくと、泥の中の亡骸《なきがら》にたどりつくというのだ。水底に沈んだままの遺体もあるだろう。そこから生まれる幻想。

あなたから成るしら露もこの霧も　照井翠

『泥天使』てるいみどり・1962－

「あなた」は大震災と大津波によって亡くなったすべての人。無念の思いを抱きながら早々とはるか彼方《かなた》へ去ってしまった人々。彼らがこの世界へ帰ってくる。露となり霧となって。あるいは花となり若葉となって。

死の風の吹く日も麦の熟れゆけり　照井翠

『泥天使』てるいみどり・1962－

「死の風」とは何か。屍臭《ししゅう》ただよう風？　命あるものに死をもたらす風？　しかしどんなに悲惨な目に遭おうと、命の営みはたゆみなくつづいてゆく。ときが来れば小鳥たちがさえずり麦が黄金に熟れてゆくように。

フランツ・カフカはスキーが得意いつぽんのストックつかひ斜面降《くだ》りき

高旨清美

『雀のミサ曲』たかむねきよみ・1946－

滑稽な悪夢か深刻な喜劇か。『変身』『審判』『城』を書いたチェコの小説家カフカ。その人が現実生活でスキーを楽しんだと聞けば、なぜか納得する。人間誰でも多面体である。カフカの隠れた一面を切りとる一首。

役人のほねつぽいのは猪牙《ちょき》に乗せ

『誹風《はいふう》柳《やなぎ》多留《だる》』

隅田川から山谷堀へ。江戸時代、吉原通いの遊客を運んだ川舟が猪牙舟である。この川柳が描くのは、なかなか賄賂を受け取ろうとしない堅物の役人を、遊郭で接待しようともくろむ悪徳商人。かくして硬骨漢も骨抜きに成り果てたか。

早春の海に
船を出して
鯛《たい》をみた

茨木のり子

『茨木のり子全詩集』いばらぎのりこ・1926－2006

千葉県鴨川市の鯛の浦。遊覧船で沖へ出ると、鯛の群れが集まって餌をもらう。詩「鯛」の冒頭。人間と鯛の和やかな光景だが、詩人は不満のようである。「どうして進路を取らないのだろう　未知の方角へ」。

無限大から無限大へカヌーかな

マブソン青眼

『遥《はる》かなるマルキーズ諸島』まぶそんせいがん・1968－

俳句に憧れて日本に移住したものの、この国はどうも息苦しい。二〇一九年夏から一年、フランス領マルキーズ諸島で暮らした。かぎりなく広がる青い海と空、そして自由の風。傷心は癒やされたかどうか。

ペガススの胸のあたりか人間に発見されたる星のさびしさ　大口玲子

『自由』　おおぐちりょうこ・1969－

宇宙でもっともさみしいのは誰か。それは空にまたたく星かもしれない。寄る辺ない暗黒の中でひとり光りつづける。いわば永遠の孤独。この歌、また一つ星のさみしさを見出《みいだ》したというのだ。ペガスス座の胸の奥に。

忘らむて野行き山行き我来れど我が父母は忘れせぬかも　商長首麻呂

『万葉集』巻第二十　あきのおさのおびとまろ・生没年未詳

父母を忘れようとしても忘れられない。西国の防衛のため東国で徴兵された防人《さきもり》。『万葉集』巻第二十は多くの防人の歌を収める。兵部省の担当者となった大伴家持が難波（大阪）で書きとらせたもの。防人たちはここから西国へ船出した。

忘れ物の如《ごと》く母ゐてあたたかし　今瀬剛一

『甚六』いませごういち・1936－

ある日ふと気がつけば、時の流れに置き忘れられてしまったかのようなのだ。春の陽《ひ》だまりの中に。子どもは独り立ちし伴侶にも友人にも先立たれた母を想像する。「あたたかし」とはまわりの人の心の暖かさでもある。

春雨やしたゝか銭の出た窓へ　一茶

『一茶全集』いっさ・1763－1827

税と兵を集めるのは今も昔も国家の権限。古来、政府によってさまざまな税金が考え出されたが、江戸時代、窓銭という税金があった。家の窓一つごとにかけた税金である。その窓にうらめしそうに春雨が降りつづく。

渓に縁《そ》うて行き、路《みち》の遠近を忘る。忽《たちま》ち桃花の林に逢《あ》う、

陶淵明

『陶淵明全集』とうえんめい・365－427

千六百年前の中国六朝時代の詩人、陶淵明。その「桃花源記」は東アジアの文化を豊かに潤した。いわゆる桃源郷の話である。漁師が山中の村に迷い込むが、帰還後その村は消えてしまう。物語のはじまりの一節。

船頭の耳の遠さよ桃の花

支考

『蕉門名家句集』しこう・1665－1731

川の上には静かさが広がっている。耳が遠いのか、渡し舟の船頭に話しかけても何の答えも返ってこない。艪《ろ》の音と風の音が聞こえるだけ。岸辺には花ざかりの桃の木々。江戸時代の日本に現れた桃源郷の入り口。

春眠や球体感覚のままがいい　若森京子

『朧梅《ろうばい》』わかもりきょうこ・1937－

球形のものの中で安らかに眠っている感じ。太陽、月、母の胎内のように。それがここでいう球体感覚だろうか。春の眠りのまろやかな世界。俳人、加藤郁乎《かとういくや》に『球体感覚』という句集があった。そこから遠く離れて。

春愁や吾輩《わがはい》いまだ猫である　釋蜩硯

『釋蜩硯入選句集』しゃくちょうげん

夏目漱石の『吾輩は猫である』の猫は日本一有名な猫である。あの猫が何の進化も遂げず、今日も一匹の猫でありつづけている。縁側で眠そうにしている猫を見ての一句だろうか。あたたかな春の光の中で。

「我」ひとつ提げてはるばる青き踏む

モーレンカンプふゆこ

『オランダの光』1943－

作者は一九六〇年代にひとりアメリカに渡った。次いでオランダへ。結婚し子どもを育てながら母国語の日本語で創作をつづけてきた。海外で生きてきた戦後の一人の日本女性。その自伝的な俳句である。

焼跡《やけあと》の植疱瘡《うえぼうそう》の列あはれ

石田波郷

『石田波郷全集』いしだはきょう・1913－69

かつて世界中で恐れられた天然痘（疱瘡、痘瘡）。死亡率が高く治ってもあばたを残す。その予防ワクチン接種が種痘（植え疱瘡）。波郷の句は種痘に並ぶ敗戦国日本の人々。天然痘ウイルスが根絶されたのは一九八〇年。

花の宴《うたげ》一等席に車椅子　　ねづときお

『せせらぎ』

コロナ下で二度目の桜の季節。がっかりの人もいるだろうが、心静かに花を眺めるにはよい機会だろう。この句、コロナ以前の花見風景。シートを敷いて真ん中に車椅子の人。人の心の優しさとはこういうものか。

みやこ人いかゞと問はば見せもせむかの山桜一えだもがな　　和泉式部

『後拾遺和歌集』いずみしきぶ・生没年未詳

王朝の花見の一コマ。京の郊外に花を見に来て、ある屋敷のみごとな桜に心ひかれたのだろう。都人への花見土産に一枝いただけないかしら。さらさらとしたためて、その家の主人へ持たせる。そんな気配の一首。

花むしろ落花もろとも畳みけり

草間時彦

『草間時彦集』くさまときひこ・1920－2003

花見の筵《むしろ》が花筵。宴もはてた夕暮れ、散り敷いた花びらもそのまま、くるくると巻いているところ。花のさかりを惜しむ心もいっしょに。花見というからには当然昼。夜桜ならあたりは真っ暗。この句の感じはない。

花吹雪すなはち詩歌ふぶきけり

小島健

『山河健在』こじまけん・1946－

「詩歌の国」と讃《たた》えられる国はいくつもある。そのなかで日本が特別なのは俳人歌人だけでなく、ふつうの人が俳句や短歌を作るところ。目を閉じて、そんなことに思いを馳《は》せているのだろう。花吹雪を浴びながら。

桜、花、今年の春をわれ覚《し》らず遠く無色に過ぎ行くらしき　小石雅夫

『一期《いちご》一愛《いちえ》』こいしまさお・1936－

春が来れば桜が咲き、夏になれば入道雲が輝く。大自然の色鮮やかな営みも、妻に先立たれた夫の目には「無色」にしか映らない。愛が深ければ深いほど、それが奪われたとき人は苦しむ。何という不条理。

蟻《あり》の如《ごと》くに集まりて、東西に急ぎ、南北に走《わし》る。　兼好法師

『徒然草』けんこうほうし・1283頃－1352頃

『徒然草』をときどき読むのは、よい習慣である。しばし立ち止まって人生について考えさせる。これは第七十四段の書き出し。名利を求めてあくせくしようと、最後に待ち受けるのは老いと死。常々それをにらみながら生きよと教える。

日本文化史と詩歌

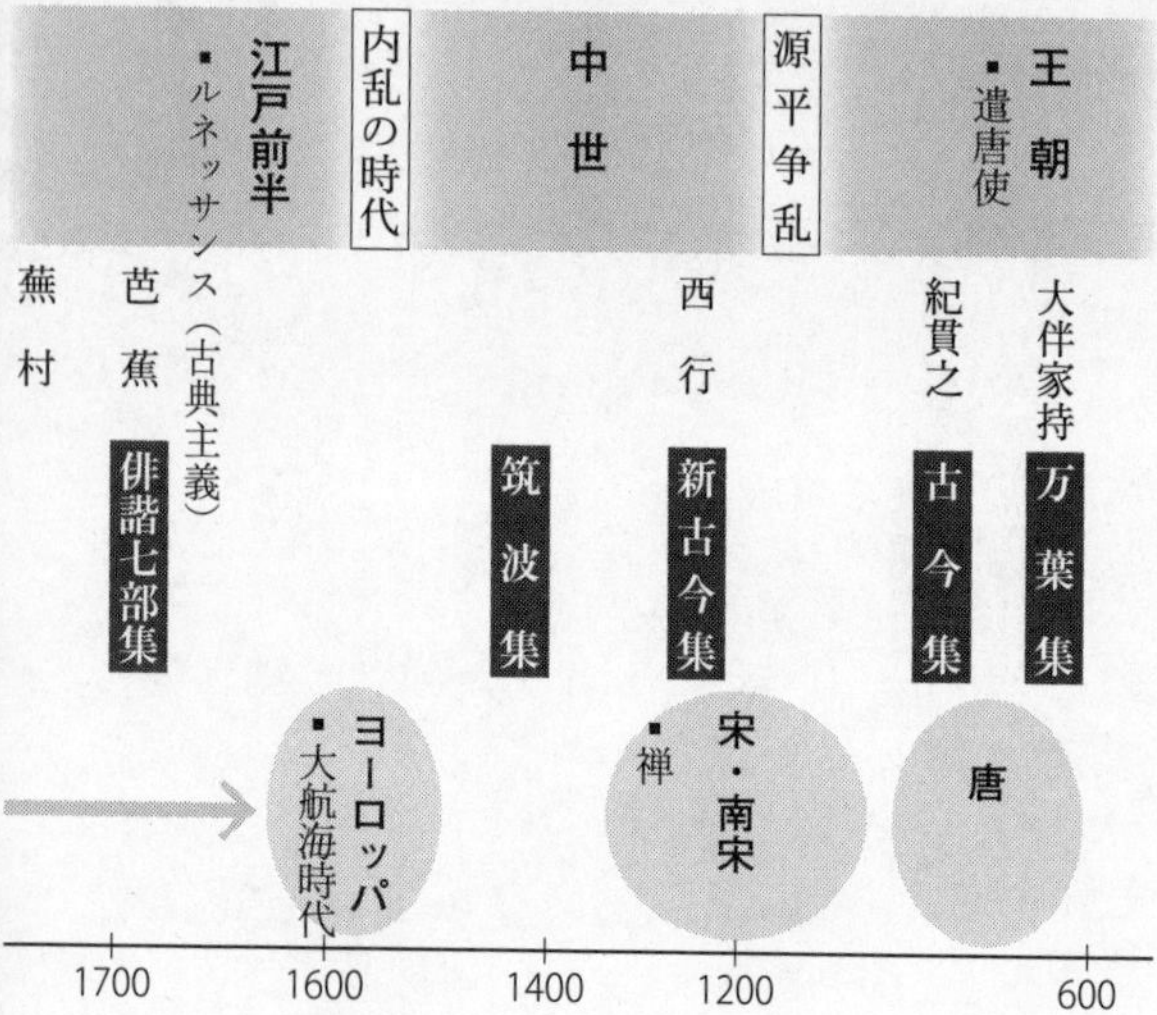

【注】この図表は日本文化史と詩歌の流れを表している。上段は時代区分、中段は詩歌の流れ、下段は日本に影響を与えた海外文化である。最下段は西暦の目盛りをつけた。不等分目盛りである。「源平争乱」「内乱の時代」など時代区分の境目の四角で囲んであるのは時代の転換となったできごとである。

　日本文化はその時代ごとに圧倒的な影響を与えた外国文化を消化し作り変えることによって生まれた。いくつか重要な点について解説しておきたい。

①王朝時代の文化は中国唐の豊満華麗な文化の影響のもとに誕生した。この時代の代表的な詩歌選集は『万葉集』と『古今和歌集』である。

②次の中世の文化は宋・南宋の枯淡の文化の影響によって成立した。宋・南宋文化のうち文学上もっとも重要なのは禅の思想である。『新古今和歌集』は禅の影響下に王朝

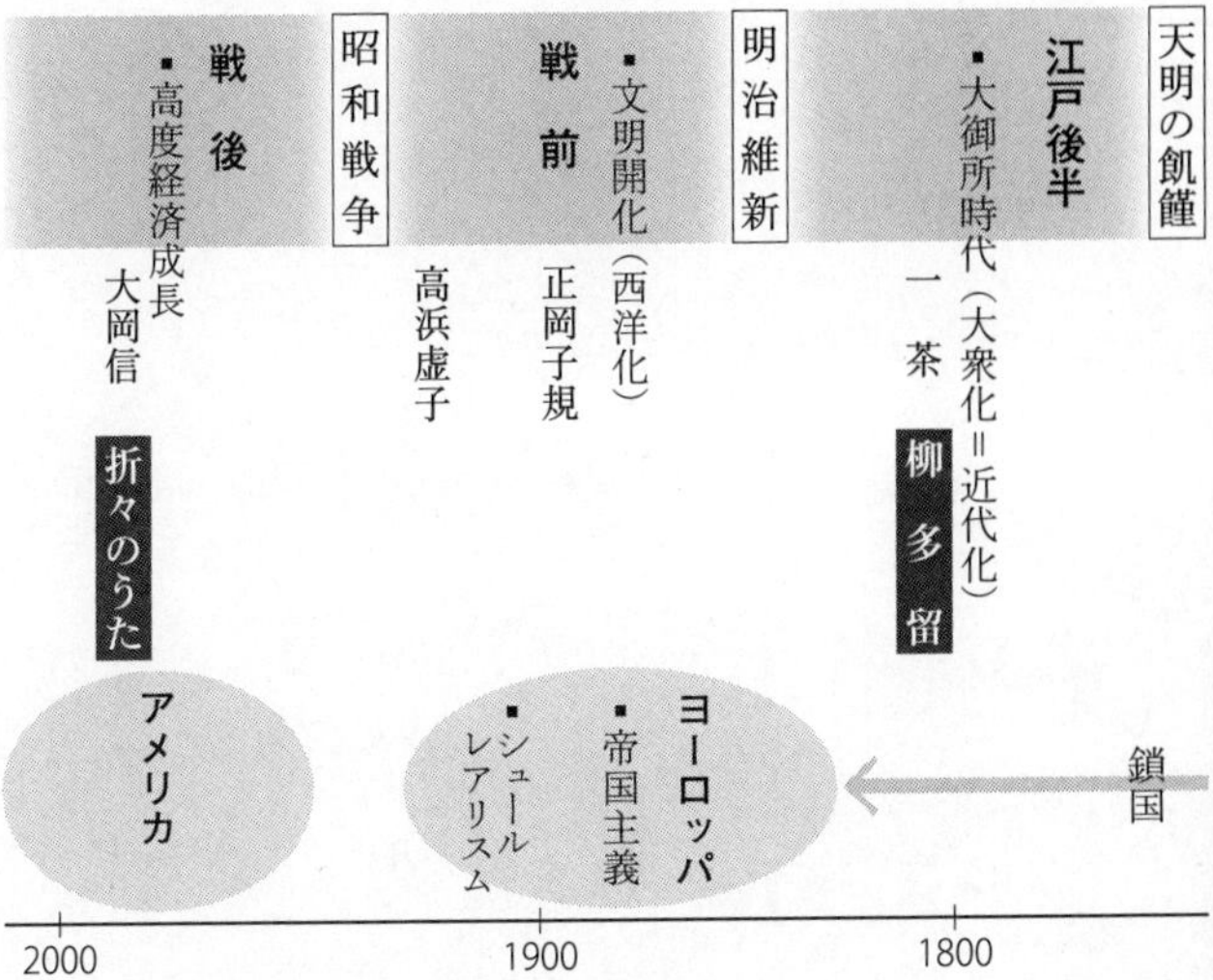

時代の和歌の批評として誕生する。その後、禅の影響を受けた和歌は連歌、連句、俳句へと短縮化の道を進むことになる。

③江戸時代は一色ではない。前半は内乱によって壊滅的な打撃を受けた王朝、中世の古典復興（ルネッサンス）、古典主義の時代である。この時代の代表的な詩人は芭蕉であり蕪村だった。

④江戸時代後半は十一代将軍、徳川家斉の大御所時代（一七八七―一八四一）以降、大衆化が進み、明治維新を待たず近代がはじまっていた。この時代を代表する詩人が一茶である。

⑤明治維新（一八六八年）からは日本の西洋化がはじまった。大御所時代にはじまった近代化の目標が明治維新以後、西洋諸国に定まった。そのうち昭和戦争（一九三八―一九四五）以前は主にヨーロッパ、以後はアメリカの文化の影響を受けることになった。

ハ行

マ行

ヤ行

ラ行

ワ行

人名索引

中公文庫

四《し》季《き》のうた
——雨《あめ》ニモマケズ

2023年1月25日　初版発行

著　者　長《は》谷《せ》川《がわ》 櫂《かい》

発行者　安部順一

発行所　中央公論新社
〒100-8152　東京都千代田区大手町1-7-1
電話　販売 03-5299-1730　編集 03-5299-1890
URL https://www.chuko.co.jp/

DTP　市川真樹子
印　刷　三晃印刷
製　本　小泉製本

Published by CHUOKORON-SHINSHA, INC.
Printed in Japan　ISBN978-4-12-207308-1 C1192

各書目の下段の数字はISBNコードです。978-4-12が省略してあります。

中公文庫既刊より

は-65-1　俳句の宇宙　長谷川 櫂

十七文字という短い言葉以前に成立する「場」に注目した、現代俳句を考える上で欠くことができない記念碑的著作。サントリー学芸賞受賞。〈解説〉三浦雅士

205814-9

は-65-2　古池に蛙は飛びこんだか　長谷川 櫂

蛙は本当に飛びこんだのだろうか。古池の一句の真実とともに、数々の名句について詳述。芭蕉はこんなにも面白いのかと驚きにあふれる一冊。〈解説〉川本三郎

205837-8

は-65-3　四季のうた　微笑む宇宙　長谷川 櫂

当代を代表する俳人とともに読み解く名句、名歌、名詩の数々。読売新聞に連載された詩歌コラム「四季」の二〇一三年四月から一年分を収録。

206241-2

は-65-4　四季のうた　文字のかなたの声　長谷川 櫂

読売新聞に連載されたコラム「四季」の二〇一四年四月から一年分を収録。当代きっての俳人の簡潔で味わい深い解説によって「うた」はいっそう輝きを増す。

206336-5

は-65-5　四季のうた　想像力という翼　長谷川 櫂

詩歌の言葉を探すとき、心は想像力という翼に抱かれて時空に遊んでいる。読売新聞に連載されたコラム「四季」の二〇一五年四月から一年分を収録。

206504-8

は-65-6　四季のうた　至福の時間　長谷川 櫂

一片の詩は一杯のコーヒーに似ている。浮き世を忘れてしばし別世界に心を遊ばせる。読売新聞に連載中のコラム「四季」の二〇一六年四月から一年分を収録。

206673-1

は-65-7　四季のうた　普段着のこころ　長谷川 櫂

詩歌は人々の心が和み、寛ぐものでありたい。名句、名歌は普段着の心でできている。読売新聞に連載中のコラム「四季」の二〇一七年四月から一年分を収録。

206814-8

は-65-8

四季のうた 天女の雪蹴り

長谷川 櫂

コロナ禍による制約の中でも言葉の糸は紡がれつづける。いまも、そしてこれからも。読売新聞に連載中のコラム「四季」の二〇一八年四月から一年分を収録。

207021-9

は-65-9

四季のうた 美しい日々

長谷川 櫂

ただの日常の一コマが、時を経るとどれも奇蹟のように美しい光に包まれている――。読売新聞に連載中のコラム「四季」の二〇一九年四月から一年分を収録。

207170-4

く-2-2

浅草風土記

久保田万太郎

横町から横町へ、露地から露地へ。「雷門以北」「浅草の喰べもの」ほか、生粋の江戸っ子文人による詩趣豊かな浅草案内。〈巻末エッセイ〉戌井昭人

206433-1

さ-80-1

佐藤春夫台湾小説集 女誡扇綺譚

佐藤 春夫

廃墟に響く幽霊の声「なぜもっと早くいらっしゃらない？」。台湾でブームを呼ぶ表題作等百年前の台湾旅行に想を得た今こそ新しい九篇。文庫オリジナル。

206917-6

さ-80-2

佐藤春夫中国見聞録 星／南方紀行

佐藤 春夫

「日本語で話をしない方がいい。皆、日本人を嫌っているから」――中華民国初期の内戦最前線を行く「南方紀行」、名作「星」など運命のすれ違いを描く九篇。

207078-3

な-73-1

麻布襍記《あざぶざっき》 附・自選荷風百句

永井 荷風

東京・麻布の偏奇館で執筆した小説「雨瀟瀟」「雪解」、随筆「花火」「偏奇館漫録」等を収める抒情的散文集。初の文庫化。〈巻末エッセイ〉須賀敦子

206615-1

な-73-2

葛飾土産

永井 荷風

石川淳が「戦後はただこの一篇」と評した表題作ほか、短篇・戯曲・随筆を収めた戦後最初の作品集。久保田万太郎の同名戯曲、石川淳「敗荷落日」を併録。

206715-8

な-73-3

鷗外先生 荷風随筆集

永井 荷風

師・森鷗外、足繁く通った向島・浅草をめぐる文章と、自伝的作品を併せた文庫オリジナル編集。巻末に谷崎潤一郎、正宗白鳥の批評を付す。〈解説〉森まゆみ

206800-1

各書目の下段の数字はISBNコードです。978 - 4 - 12が省略してあります。

な-73-4

小説集 吉原の面影

永井荷風／樋口一葉
広津柳浪／泉 鏡花

荷風に誘われて遊里をゆく。永井荷風「里の今昔」、樋口一葉「たけくらべ」、広津柳浪「今戸心中」、泉鏡花「註文帳」を収録。文庫オリジナル。〈解説〉川本三郎

206936-7

シ-1-2

ボートの三人男

J・K・ジェローム
丸谷才一 訳

テムズ河をボートで漕ぎだした三人の紳士と犬の愉快で滑稽、皮肉で珍妙な物語。イギリス独特の深い味わいの傑作ユーモア小説。〈解説〉井上ひさし

205301-4

ホ-3-2

ポー名作集

E・A・ポー
丸谷才一 訳

理性と夢幻、不安と狂気が綾なす美の世界——短篇の名手ポーの代表的傑作「モルグ街の殺人」「黄金虫」「黒猫」「アシャー館の崩壊」全八篇を格調高い丸谷訳でおさめる。

205347-2

ま-17-9

文章読本

丸谷才一

当代の最適任者が多彩な名文を実例に引きながら文章の本質を明かし、作文のコツを具体的に説く。最も正統的で実際的な文章読本。〈解説〉大野 晋

202466-3

ま-17-11

二十世紀を読む

丸谷才一
山崎正和

昭和史と日蓮主義から『ライフ』の女性写真家まで、皇女から匪賊まで、人類史上全く例外的な百年を、大知識人二人が語り合う。〈解説〉鹿島 茂

203552-2

ま-17-12

日本史を読む

丸谷才一
山崎正和

37冊の本を起点に、古代から近代までの流れを語り合う。想像力を駆使して大胆な仮説をたてる、談論風発、実に面白い刺戟的な日本および日本人論。

203771-7

ま-17-13

食通知つたかぶり

丸谷才一

美味を訪ねて東奔西走、和漢洋の食を通して博識が舌上に転がすは香気充庖の文明批評。序文に夷齋學人・石川淳、巻末に著者がかつての健啖ぶりを回想。

205284-0

ま-17-14

文学ときどき酒 丸谷才一対談集

丸谷才一

吉田健一、石川淳、里見弴、円地文子、大岡信ら一流の作家・評論家たちと丸谷才一が杯を片手に語り合う。最上の話し言葉に酔う文学の宴。〈解説〉菅野昭正

205500-1

た-30-6
鍵 棟方志功全板画収載
谷崎潤一郎
妻の肉体に死をすら打ち込む男と、死に至るまで誘惑することを貞節と考える妻。性の悦楽と恐怖を限界点まで追求した問題の長篇。〈解説〉綱淵謙錠
200053-7

た-30-13
細雪（全）
谷崎潤一郎
大阪船場の旧家蒔岡家の美しい四姉妹を優雅な風俗・行事とともに描く。女性への永遠の願いを〝雪子〟に託す谷崎文学の代表作。〈解説〉田辺聖子
200991-2

た-30-18
春琴抄・吉野葛
谷崎潤一郎
美貌と才気に恵まれた盲目の地唄の師匠春琴。その弟子佐助は献身と愛ゆえに自らも盲目となる――代表作『春琴抄』と『吉野葛』を収録。〈解説〉河野多恵子
201290-5

た-30-25
お艶殺し
谷崎潤一郎
駿河屋の一人娘お艶と奉公人新助は雪の夜駆落ちした。幸せを求めた道行きだった筈が……。芸術とは何かを探求した「金色の死」併載。〈解説〉佐伯彰一
202006-1

た-30-27
陰翳礼讃
谷崎潤一郎
日本の伝統美の本質を、かげや隈の内に見出す「陰翳礼讃」「厠のいろいろ」を始め、「恋愛及び色情」「客ぎらい」など随想六篇を収む。〈解説〉吉行淳之介
202413-7

た-30-28
文章読本
谷崎潤一郎
正しく文学作品を鑑賞し、美しい文章を書こうと願うすべての人の必読書。文章入門としてだけでなく文豪の豊かな経験談でもある。〈解説〉吉行淳之介
202535-6

た-30-29
潤一郎ラビリンスⅠ 初期短編集
谷崎潤一郎
千葉俊二編
官能的耽美的な美の飽くなき追求を鮮烈に描く「刺青」など八篇、反自然主義の旗手として登場した若き谷崎の初期短篇名作集。〈解説〉千葉俊二
203148-7

た-30-30
潤一郎ラビリンスⅡ マゾヒズム小説集
谷崎潤一郎
千葉俊二編
「饒太郎」「蘿洞先生」「続蘿洞先生」「赤い屋根」など五篇。自らマゾヒストを表明した饒太郎、そのきわめて秘密の快楽の果ては……。〈解説〉千葉俊二
203173-9

各書目の下段の数字はＩＳＢＮコードです。978－4－12が省略してあります。

た-30-31
潤一郎ラビリンスⅢ　自画像
谷崎潤一郎
千葉俊二編
神童と謳われた少年時代、青春の彷徨、精神主義からの堕落、天才を発揮し独自の芸術を拓く自伝的作品「異端者の悲しみ」など四篇。〈解説〉千葉俊二
203198-2

た-30-32
潤一郎ラビリンスⅣ　近代情痴集
谷崎潤一郎
千葉俊二編
上州屋の跡取り巳之介はお才に迷い、騙されても欺れてもこりずに追い求める。谷崎描く究極の情痴の世界「お才と巳之介」ほか五篇。〈解説〉千葉俊二
203223-1

た-30-33
潤一郎ラビリンスⅤ　少年の王国
谷崎潤一郎
千葉俊二編
子供から大人の世界へ、現実から夢へと越境する少年を描いた秀作。「小僧の夢」「二人の稚児」「小さな王国」「母を恋ふる記」など五篇。〈解説〉千葉俊二
203247-7

た-30-34
潤一郎ラビリンスⅥ　異国綺談
谷崎潤一郎
千葉俊二編
谷崎の前半生を貫く西洋崇拝を表す「独探」、白楽天や蘇東坡の漢詩文以来の物語空間を有する西湖を舞台に描く「西湖の月」等六篇。〈解説〉千葉俊二
203270-5

た-30-35
潤一郎ラビリンスⅦ　怪奇幻想倶楽部
谷崎潤一郎
千葉俊二編
凄艶な美女による凄惨な殺人劇「白晝鬼語」ほか、日本探偵小説の先駆的作品ともいえる、怪奇・幻想の世界を描く五篇を収める。〈解説〉千葉俊二
203294-1

た-30-36
潤一郎ラビリンスⅧ　犯罪小説集
谷崎潤一郎
千葉俊二編
日常の中に隠された恐しい犯罪を緻密な推理で探る「途上」、犯罪者の心理を執拗にえぐり出す「或る罪の動機」など、犯罪小説七篇。〈解説〉千葉俊二
203316-0

た-30-37
潤一郎ラビリンスⅨ　浅草小説集
谷崎潤一郎
千葉俊二編
谷崎が幼児期から馴染んだ東京の大衆娯楽地、浅草。芸術論に明け暮れ、猥雑な街に集う画家や歌唄い達の哀歓を描く「鮫人」ほか二篇。〈解説〉千葉俊二
203338-2

た-30-38
潤一郎ラビリンスⅩ　分身物語
谷崎潤一郎
千葉俊二編
芸術的天才の青野とその天分を羨やむ大川の話、Ａは善の、Ｂは悪の小説家。又は西洋と東洋など自己の内なる対立と照応を描く三篇。〈解説〉千葉俊二
203360-3

た-30-39
潤一郎ラビリンスXI 銀幕の彼方
谷崎潤一郎 千葉俊二編

映画という芸術表現に魅了されその発展に多大な期待を寄せた谷崎。「人面疽」「アヱ・マリア」他、映画に関するエッセイ六篇を収録。〈解説〉千葉俊二

203383-2

た-30-40
潤一郎ラビリンスXII 神と人との間
谷崎潤一郎 千葉俊二編

小田原事件を背景に、谷崎・佐藤・千代夫人の関係を虚構を交えて描く「神と人との間」ほか、「既婚者と離婚者」「鶴唳」を収める。〈解説〉千葉俊二

203405-1

た-30-41
潤一郎ラビリンスXIII 官能小説集
谷崎潤一郎 千葉俊二編

恋愛は芸術である——人間の欲望を束縛する社会の制約をはぎ取って官能の熱風に結ばれる男と女の物語「熱風に吹かれて」など三篇。〈解説〉千葉俊二

203426-6

た-30-42
潤一郎ラビリンスXIV 女人幻想
谷崎潤一郎 千葉俊二編

思春期を境に生ずる男女の美の変化、天成の麗質に研きをかける女性的美への倦むことのない追求を描く「女人神聖」「創造」「亡友」。〈解説〉千葉俊二

203448-8

た-30-43
潤一郎ラビリンスXV 横浜ストーリー
谷崎潤一郎 千葉俊二編

〝美しい夢〟の世界を実現すべく映画制作に打ち込む主人公を描く「肉塊」、横浜時代の暮しぶりを回想したエッセイ「港の人々」の二篇。〈解説〉千葉俊二

203467-9

た-30-44
潤一郎ラビリンスXVI 戯曲傑作集
谷崎潤一郎 千葉俊二編

〝読むための戯曲〟として書いた二十四篇のうち「恋を知る頃」「恐怖時代」「お国と五平」「白狐の湯」「無明と愛染」の五篇を収める。〈解説〉千葉俊二

203487-7

た-30-46
武州公秘話
谷崎潤一郎

敵の首級を洗い清める美女の様子にみせられた少年——戦国時代に題材をとり、奔放な着想をもりこんで描かれた伝奇ロマン。木村荘八挿画収載。〈解説〉佐伯彰一

204518-7

た-30-52
痴人の愛
谷崎潤一郎

美少女ナオミの若々しい肢体にひかれ、やがて成熟したその奔放な魅力のとりことなった譲治。女の魔性に跪く男の惑乱と陶酔を描く。〈解説〉河野多恵子

204767-9

各書目の下段の数字はISBNコードです。978－4－12が省略してあります。

た-30-53
卍（まんじ）
谷崎潤一郎

光子という美の奴隷となった柿内夫妻は、卍のように絡みあいながら破滅に向かう。官能的な愛のなかに心理的マゾヒズムを描いた傑作。〈解説〉千葉俊二

204766-2

た-30-54
夢の浮橋
谷崎潤一郎

夭折した母によく似た継母。主人公は継母への憧れと生母への思慕から二人を意識の中で混同させてゆく。谷崎文学における母恋物語の白眉。〈解説〉千葉俊二

204913-0

た-30-55
猫と庄造と二人のをんな
谷崎潤一郎

猫に嫉妬する妻と元妻、そして女より猫がかわいくてたまらない男が繰り広げる軽妙な心理コメディの傑作。安井曾太郎の挿画収載。〈解説〉千葉俊二

205815-6

た-30-56
少将滋幹《しげもと》の母 他三篇
谷崎潤一郎

平安文学に材を取った、母恋ものの代表作。小倉遊亀による挿画を完全収載。ほかに短篇三作、正宗白鳥らによる時評を付す。〈註解〉明里千章〈解説〉千葉俊二

207088-2

た-30-58
台所太平記
谷崎潤一郎

特技はお料理、按摩、ゴリラの真似。曲者揃いの女たちが、文豪の家で元気にお仕事中！　珍騒動と笑いが止まらぬ女中さん列伝。〈挿絵〉山口　晃〈解説〉松田青子

207111-7

た-30-59
盲目物語 他三篇
谷崎潤一郎

お市の方への思慕を盲目の法師に語らせた表題作。北野恒富の口絵、菅楯彦の挿画（「聞書抄」）、正宗白鳥による時評などを付す。〈註解〉明里千章〈解説〉千葉俊二

207156-8

た-30-60
疎開日記 谷崎潤一郎終戦日記
谷崎潤一郎

激しい空爆をさけ疎開した文豪が思い出す平和な日の記憶。随筆集『月と狂言師』に永井荷風・吉井勇との往復書簡などを増補。〈註解〉細川光洋〈解説〉千葉俊二

207232-9

た-30-61
人魚の嘆き・魔術師
谷崎潤一郎

人魚に恋をする貴公子、魔術師に魅せられ半羊神と化す幻想世界に遊ぶ名作。水島爾保布の挿画を口絵まで完全収載。〈註解〉明里千章〈解説〉中井英夫／前田恭二

207259-6